辑

中国生肖诗歌大典

Zhongguo shengxiao shige dadian

子鼠卷

主编 杨吉成

卷一·子鼠卷

四川出版集团
巴蜀书社

图书在版编目(CIP)数据

《中国生肖诗歌大典》第一辑／杨吉成主编．—成都:巴蜀书社,2013.6

ISBN 978-7-5531-0236-8

Ⅰ.①中…　Ⅱ.①杨…　Ⅲ.①古典诗歌－鉴赏－中国
Ⅳ.①I207.2

中国版本图书馆 CIP 数据核字(2013)第 069489 号

《中国生肖诗歌大典》　第一辑
主编　杨吉成

策划编辑	施　维
责任编辑	陈　红　童际鹏
出　　版	四川出版集团巴蜀书社
	成都市槐树街 2 号　邮编 610031
	总编室电话:(028)86259397
网　　址	www.bsbook.com
发　　行	巴蜀书社
	发行科电话:(028)86259422　86259423
经　　销	新华书店
印　　刷	四川省南方印务有限公司
照　　排	成都勤慧彩色制版印务有限公司
版　　次	2013 年 6 月第 1 版
印　　次	2013 年 6 月第 1 次印刷
成品尺寸	170mm×240mm
印　　张	9.75
字　　数	200 千
书　　号	ISBN 978-7-5531-0236-8
定　　价	18.00 元

编委会

《中国生肖诗歌大典》

总目录

《中国生肖诗歌大典》第一辑

目　录

子鼠卷目录

古代涉鼠词曲

古代涉鼠赋

序 言

——十二生肖，文化瑰宝

陶武先

乾天为纲，坤地成母，日月运行，经寒历暑。衍万物以欣欣向荣，历兆纪而人文初曙。扫蒙昧以进开化，揖别人猿；辟洪荒而成阡陌，渐成田土。以织以耕，亦猎亦捕。春种秋成，播谷获黍。将集将散，宜行宜驻。积四时以成岁，推万象为更新；累旬日而阅月，谙朔望之来复。明风雨之有时，晓春秋之来去，知日月之期会，得星躔之规度。为风雨须改期，因寒燠而易处。燥湿异常而百姓不安，风雨调谐则兆民鼓舞。足衣食以裕生民，防灾害而除病苦。皆须取法天象，居北辰而拱众星；敬受人时，启黎元以齐群武[①]。关乎初民之存亡，实为元首之要务。是故《书经》之开篇[②]，陈帝尧之美政，遣羲和之嵎夷，宾旭日之初出。观鸟兽之蕃息，测平秩之要素。梯天文之初阶，成授时之历术。

踵事增华，人文渐富。考查日星，岁差推步，积累物候，存精去粗。用地支以纪月，则岁分十二；以地支以该日，则辰有子午。纪岁记时，干支配伍。越六十年而再循环，历书甲子；经十二次历一周天，岁还析木[③]。既干支以缵绪，得数术之精微；更生肖以属相，成物候之系谱。子鼠承头，丑牛接武，继之寅虎，续以卯兔。星渐稀辰龙在天，气已暖巳蛇游土。丽日中天则见午马腾踏，熏风过岭可睹未羊跪乳。林境清则申猿长啸，暮烟浮而酉鸡归舖。人初定阶卧戌犬，更渐深圈鼾亥猪。

十二生肖，肇自前古。历时久远，共享雅俗。得天行之密钥，具人情之温煦，冶众生于一炉，为百族所嘉许。自东汉即已成体系，至东晋则与人相属，辰年生人则属龙，寅年生人则相虎。人而有一生，生必归一属。无论天潢贵胄、百姓黎庶、文章巨擘、贩夫走卒，生异载则或龙或蛇，诞一年必同鼠同兔。属龙属虎不须尽贵尽富，属牛属马岂必皆劳皆苦？生亥年岂皆福体肥硕，生子岁焉为獐头鼠目？合八字既不能助富助贵，犯生辰又何为克妻克夫？

传承百代，前踵后续，历久弥新，蔚成风俗。天人合德，万类相辅。体元化之大均，众生平等；否命运之左右，功在良图。

中华文化，源远流长。巍如昆仑，张雄浑之气势；浩如沧海，蕴无尽之宝藏。十二生肖，为生活之一翼，兆祥兆瑞；诚文化之一脉，亦彩亦章。

龙虎之顺时，兆天下之安和；六畜之充宇，示家道之繁昌。硕鼠则刺贪，誓弃汝适彼乐土；白兔须兆瑞，终助我成此吉祥。灵蛇遗宝珠[4]，报隋侯之恩德；仔猿塞母创，启邓子之贞良[5]。徐无鬼之相马，舍表象直入脏腑；纪渻子之调鸡[6]，重筋骨更重情商。文变之谬，史传记己亥为三豕涉河[7]；造化所赐，《越志》传六穗自仙家五羊[8]；脱公子之困厄[9]，过秦关直需鸡鸣狗盗；救主人于危难，离绝境有赖展草垂缰[10]；女敢杀虎复父仇，挺白刃何让须眉[11]；问喘牛相驻高轩[12]，重民瘼堪忧庙堂。勇矣勇矣，汉武帝射潜蛟于九派[13]，时哉时哉[14]，孔夫子叹野雉乎山梁。……生肖十二类，皆天演之硕果；文章百千篇，尽智慧之膏粱。或存之史籍，或著于典章，或播于人口，或奏之笙篁，或纪之翰墨，或绣于缥缃，或造形于广廛，或雕镂于崇岗……为亿兆民所喜见，亲如故友；经五千年之积淀，沁如淳香。

生肖嬗变，与时赋义。剔除戾气，长留沁芳。鼠以智慧，牛示勤劳，勤劳兼智慧，何业而不兴？虎诚勇猛，兔为谨慎，勇猛而谨慎，何难能不降？龙既刚毅雄武，蛇亦隐韧阴柔，刚柔相济，何力不张？马常奋进不息，羊必团结合群，团结奋进，何事不昌？猴表灵活，鸡恃有恒，灵活而有恒，无远弗届。狗秉忠诚，猪自随和，忠诚而随和，前程无量。

十三亿众，人必有一属；岁序轮换，年必有一相。岁岁有年，人人过年；年逢本命，一纪之长。岁华际会，百事呈祥；共生共荣，普天恒昌。

十二生肖，诚文化之瑰宝，实天人之富藏。历久弥新，生机勃发，兴味盎然，旨趣悠长。

惜哉，关乎十二生肖之文翰，虽林林总总，万丈文光，却著之诗骚，藏于经史，咏诸词赋，散在皮黄。虽若繁星熠熠，璀璨昊天，始终未成条贯，收于箧囊。且历时数千年，语言迭经演变；而成于众人手，义理歧在多方。坊间之读物，多尝浅而辄止；网上之时文，亦鳞爪之星芒。阅读既不常便，检索尤费周章。

衣食足而礼义兴，社会安而文事倡。经三十年改革开放，经济发展，国趋富强；文化为软实力，岂可小觑；生肖有大部头，自成津梁。

吾人发大热衷，起大志愿，遍搜经史子集，旁罗佛藏道藏。有一言之可录，不弃名微而誉寡；聚要妙之华翰，尤重巨擘之高骧。即类搜神如干宝，何辞志异之爪郎[15]。上起轩唐，下迄季清，广征博采，爬罗剔抉，穿珠贯线，刮垢磨光。或零章断简，短小精致；或宏规伟构，恣肆汪洋。如享大餐，如品小酌，随感兴之所至，恣性情以徜徉。集稿十二卷，体属相之共济；成书六分册，兆六合之祯祥。按时序以排列，梳理三坟五典；依诗赋分先后，厘清昆季雁行。一字一句，亦校亦刊，核对原文；一章一节，且注且释，惑解浑茫。解说发其微旨，阐文章之要义；绍介知其时事，明作者之行藏。一字一词之释，皆为有根有据；一语一言之说，力避附会牵强。

非关利锁，不为名缰。趁三余之闲暇，游文华之芳甸；藉双百之高蹈，丽生肖之殿堂。诚文友之高会，承兰亭之余绪；类诗家之拈韵，随曲水而流觞。怡情怡性，各得其所；尽才尽力，各展其长。蒙学界之惠顾，得社会之赞襄。成艺文之雅事，充读者之芸窗。

虽数刊数校，或难免鲁鱼误亥豕；纵稽古钩沉，终须有拾芥而遗璜。乞读者不吝斧正，以惠笔者；盼方家大力赐教，剔我秕糠。

三载于兹，孜孜矻矻，六易春秋，批朱贴黄。伏案以送斜月，掀帘以迎朝阳。读书何止千卷，抄诗不下万行。赖群贤之给力，终集腋以成裘；更天道知酬勤，竟积稿而盈箱。杀青以付梓，铸文化之精品；上市广流传，献精神之食粮。可为爱好者追根溯源；可作研究者觅句寻章。置之案头，即流光而溢彩，被之丝竹，则韵致成宫商。入前贤之翰苑，焉能空返？游生肖之华林[16]，必有妙香。祈读者与我嘉会，为同仁与子偕行。

书此短文，略述经营之渐，深表感谢之忱云耳！

2012年11月

【注释】

①北辰：《论语·为政》：“为政以德，譬如北辰，居其所，而众星共之。”武：步武。

②事见《尚书·尧典》。

③岁：岁星，即木星，大约十二年运行一周天。析木：又称析木津，十二星次之一。十二星次依次为星纪、玄枵、娵訾（jū zī）、降娄、大梁、实沈、鹑首、鹑火、鹑尾、寿星、大火、析木。十二星次与黄道十二宫之依次对应关系为：摩羯宫、宝瓶宫、双鱼宫、白羊宫、金牛宫、双子宫、巨蟹宫、狮子宫、室女宫、天秤宫、天蝎宫、人马宫。

④灵蛇遗宝珠：事见晋干宝《搜神记》卷二十：“隋侯出行，见大蛇被伤中断，疑其灵异，使人以药封之，蛇乃能走，因号其处‘断蛇丘’。岁余，蛇衔明珠以报之。珠盈径寸，纯白，而夜有光明，如月之照，可以烛室，故谓之隋侯珠，亦曰灵蛇珠。”

⑤邓子：三国蜀将邓芝，于涪陵射猿而中之，猿子拔矢而用树叶塞母之创。事见《玉堂闲话》，《华阳国志》亦有记载。

⑥徐无鬼、纪渻子皆虚构人物，相马、调鸡事见《庄子》一书。

⑦三豕涉河：《吕氏春秋·察传》：“子夏之晋，过卫，有读史记者曰：‘晋师三豕涉河。’子夏曰：‘非也，是己亥也。夫己与三相近，豕与亥相似。’”

⑧五羊：事见宋钱易《南部新书》：“吴修为广州刺史，未至州，有五仙人骑五色羊，负五谷而来。今州厅梁上，画五仙人骑五色羊为瑞，故广南谓之五羊城。”

⑨公子：指齐孟尝君，事见《史记·孟尝君列传》。

⑩展草：晋陶潜《搜神后记》卷九：“广陵人杨生，养一狗，甚怜爱之，行止与俱。后生饮酒醉，行大泽草中，眠不能动。时方冬月，燎原，风势极盛。狗乃周章号唤，生醉不觉。前有一坑水，狗便走往水中，还以身洒生左右草上，如此数次，周旋跬步，草皆沾湿，火至免焚，生醒方见之。”

垂缰：事见南朝宋刘敬叔《异苑》卷三：“苻坚为慕容冲所袭，坚奔驰堕马而落涧，追兵几及，计无由出。马即踟蹰，临涧垂鞍与坚。坚不能及，马又跪而授焉，坚援之，得登岸而走庐江。”

⑪女敢杀虎：元吴莱有诗《女杀虎行》叙其事。

⑫喘牛相驻：见《前汉书》邴吉事：“邴吉为丞相，常出，逢斗者，死伤横道，吉不问。又逢人逐牛，牛喘息吐舌。吉止驻，使骑吏问：‘逐牛行几里?’吏怪之。吉曰：‘人斗杀伤，长安令、京兆尹所当禁，吾备宰相，不亲小事。方春少阳用事，未可大热，恐牛近行。此时气失节，三公典调阴阳，职所忧也。’”

⑬汉武帝射潜蛟：见《前汉书·武帝纪》。

⑭时哉时哉：见《论语·乡党》。

⑮爪郎：长爪郎之省，即唐李贺，别号长爪郎，杜牧称其诗：“牛鬼蛇神，不足为其虚荒诞幻也。”

⑯华林：华美之林木，亦指历史上三国吴始建立，后历代相承之著名园林华林园。此借指生肖文化之美丽园地。

总述
——生肖文化探源

冯广宏

八万里河东入海，五千仞岳竞摩天。锦绣神州，幅员辽阔，山明水秀，气候温润，物产丰饶；中华民族在这块广袤的土地上劳作、生息，创造了辉煌灿烂的物质文明、精神文明。

中华文明长河，洪波滔滔，奔腾澎湃，一往无前。无论丽日阳和，风雨霜雪，从未中辍，从未枯竭，浩荡于神州，磅礴于东亚，润泽于世界。她是最古老，也是与时俱进、日新又新、最具活力的人类文明之一，在积淀下的丰厚的文化遗产中，十二生肖便是中华文化优秀遗产之一。

十二生肖，或称十二属相，是雅俗共享的民族文化，无论帝王将相、庶民百姓，还是文人雅士、贩夫走卒，一体纳入其中，人具一属，概莫能外。同一属相，或为天潢贵胄，或为市井贫民，或为文章巨擘，或者目不识丁，共贫富、等雅俗，蕴含人人生而平等之精神。

十二生肖，物性天成。以十二种动物记时、纪年，肇自前古。这些动物，有的与人类十分亲近，如马牛羊、鸡犬豕，此六畜，人所饲。有的使人恐惧，如蛇、虎，人们避之犹恐不及，有的令人崇拜，如龙；有的令人厌恶，如鼠。其实，从生物学角度看，即如毒蛇之毒、猛虎之猛，都是自然属性，生存本能，故人们并不为役使、喜爱而取，不因恐惧、憎恶而弃，兼收并用，以配生辰。这些动物或想象中的动物，一则日常习见，与人的生活密不可分，一则体现了元化大钧、众生平等思想。每一种动物都有生存权利，只要它不主动干犯人类，都可以生存于同一个星球，共一片天地和谐相处。

生肖动物进入文化范畴，十分久远，文献所能查到的最早涉及生肖动物之辞赋《夏人歌》可算其一，其中有“四牡跻兮，六辔沃兮”，歌中之牡即指驾辕之牛或马，如《易·系辞下》：“服牛乘马，引重致远，以利天下。”《新唐书·王求礼传》：“自轩辕以来，服牛乘马，今辇以人负，则人代畜。”则将其推前到黄帝时代。《周易》为我国最早哲学著作之一，其筮辞或说卦之辞涉及生肖动物处尤多。如乾卦爻辞之初九、九二、九四、九五、上九皆以龙取象。《周易·说卦》：“乾为马，坤为牛，震为龙，巽为鸡，坎为豕，离为雉，艮为狗，兑为羊。”等等。

降及周代，《诗》《骚》《穆天子传》等出，十二生肖动物已全部进入文艺作品之中。与时推移，后世吟咏演说生肖动物之作品层出不穷，积淀愈益丰厚，成为中华文化之一翼。

“生肖”何以有十二，而不是十三或二十四？“生肖”既用于记时、记年，则必与古人记时方法有直接关系。人类从洪荒走向开化，从蒙昧走向文明，一个重要切入点就是对时间的考察与认知。人类四大古文明发祥地：古中国、古埃及、古印度、古巴比伦，其主要活动区域都在北温带，即北纬23.5°到北纬66.5°之间的广大地域。在这一地域，四季分明，风雨有时，春暖秋凉，夏热冬寒，草木之生长，动物之迁徙，初民食源之采猎，居处之选择，以至后来农业之春种、夏耨、秋收、冬藏，莫不与节令攸关。故一个部族之长老，一个邦国之君，其重要职责之一就是考时与授时。《书·尧典》在简单介绍了尧之身世与功业后，用一大段文字，专门叙述考时与授时。如：“乃命羲和，钦若昊天，历、象、日、月、星辰，敬授人时。”此处之羲和即羲氏、和氏，为唐尧氏主持历象与授时之官。钦若即敬顺，即考察历书及日月星辰所示之象，以敬授人时，向天下臣民报告时令节气，该种则种，该收则收；该聚则聚，该散则散。

分命羲仲，宅嵎夷，曰旸谷，寅宾出日，平秩东作，日中星鸟，以殷仲春，厥民析，鸟兽孳尾。

此处羲仲是历象之官。宅即至某处，居其地。嵎夷：孔安国传："东表之地称嵎夷。"陆德明释文："马曰：嵎，海嵎也；夷，莱夷也。"马即东汉经学家马融。旸谷者，古人以为日所出之地。寅有敬义，宾即以日为宾，行迎日之礼仪。有历日月而迎送之意。平秩东作，即安排好秩序，依次开始春耕。日中：昼夜平均之日，孔安国传："日中，谓春分之日。"星鸟：春分时中天正南方黄昏时之星，为朱鸟七宿。据唐释一行推步，此时以鹑火为春分昏之中星。殷：中。仲春为春之中。厥民析：冬天寒冷，为御冬寒，人民聚居于能避风寒之大屋中，天气转暖，则散处四方，各谋生计。可见尧时之民，群居与散居并存，与后来之民分居立户有别。由于春日载阳，鸟兽开始交尾。从《书》此段文字可以看出，古人之生产生活，离不开准确授时。其中鸟兽孳尾等，也有物候学意义。

古人观察天象测时，最古老最直接是观察月象变化。古人发现，大约经过十二次朔月或望月再现，四季又开始新的一次轮回，即一元复始，万象更新，新的一年重新开始。于是古人将这一次朔月到下一次朔月经过的时间段称为一月，经过十二个月的时间段定为一年。

古人观测天象，以为大地静止不动，日月五星及满天星辰，皆随天球自东向西，绕北天极或北辰旋转，故日有升月有落，此为日月星辰视运动。古人又发现，日、月及金、木、水、火、土五星，除了随天球旋转的视运动，还有自身在天球上的位置移动，特别是木星，每经十二年，又回到原来的天区，于是古人又将周天，即天黄道带，地球绕日运行轨道面与天球相交之大圆，自西向东分为十二等分，叫做十二次，依次命名为星纪、玄枵（xiāo）、娵訾（jū zī）、降娄、大梁、实沈、鹑首、鹑火、鹑尾、寿星、大火、析木。所谓次即旅次，旅行中寄宿之处。木星每运行一周天约十二年，故古人将木星的恒星周期定为十二年，称木星为岁星，将十二年称为一纪。

将周天分为十二区，不仅我国古人在观测天象时采用这种方法，西方古代也是由西向东，把黄道带（黄道南北各 8° 的空域）分为十二个等分，叫做黄道十二宫，命其名为白羊宫、金牛宫、双子宫、巨蟹宫、狮子宫、室女宫、天秤宫、天蝎宫、人马宫、摩羯（jié）宫、宝瓶宫、双鱼宫。与我国的十二星次划分的界限虽稍有差异。但都起源于岁星纪年。

分周天为十二次，在我国起源很早，《国语·周语》中记伶州鸠对周景王

（前 544～前 520 在位）问时说："武王伐殷，岁在鹑火，月在天驷，日在析木之津,辰在斗柄，星在天鼋。"据天文学家张钰哲近年关于哈雷彗星轨道的研究，认为武王伐纣应为公元前 1057 年。当时岁星确实正在鹑火之次,故伶州鸠之说,应是周初实际观测。由此可见，十二星次之划分，其时当更早，至迟当在殷商之中或末期。这与殷商时期以干支记时不无关系。

经十二月成一年，经十二年为一纪，这两种记时法均与十二相关，可以推定，中国古人也就将一天的时间分为十二等分，称为十二时辰，简称十二辰。生肖既用于纪年记月记时，故其属必有十二，且止于十二，故"生肖"也是一种记时文化。

十二生肖：子鼠丑牛寅虎卯兔等，与地支紧密相连，则天干地支之源起又如何？

现存古文献中，追溯天干地支的来源，一概认为始于五千年前的黄帝。先秦《世本》和《前汉书·律历志》都说：黄帝使羲和占日，常仪占月，鬼臾区（一作鬼容区）占星气；伶伦造律吕，大挠作甲子。大挠传为黄帝史官，亦作"大桡"。《吕氏春秋·尊师》："黄帝师大挠。"高诱注："大挠作甲子。"所谓"甲子"就是天干十位：甲、乙、丙、丁、戊、己、庚、辛、壬、癸；或称十干。

地支十二位：子、丑、寅、卯、辰、巳、午、未、申、酉、戌、亥；或谓十二支。支者枝也，犹树之枝。天干为干，地支为枝，干枝相配，以纪岁时。

为什么天干只有十，而非十二、二十？这与人们习惯于用十进位数不无关系。人有十个指头，初民计算，多以数指头计数，所谓"屈指一算"，"指不胜屈"，故必逢十进一。十进制是人类计数的基础。

天干之取象，前人说明为：

甲：像种子破土萌发，《说文》："甲，东方之孟，阳气萌动。从木，戴孚甲之象。"所谓孚甲，即种子之外壳。

乙：像草木初生，枝叶屈曲之形。《说文》："乙，草木冤曲而出也。象形。"

丙：炳也，像日赫熙之状，万物炳耀。古人以十干配五方，《说文》："丙位南方，万物成炳。"万物色彩艳丽，彪炳照耀，生长迅速。

丁：草木成长，如人丁壮。《说文》："夏时万物皆丁实。"

戊：添部首艹则为茂，《唐韵》《集韵》皆莫候切，音茂。故戊者茂盛也，像大地草木欣荣之状。

己：起也纪也，万物蓬勃而起，有形可纪。《礼记·月令》："季夏之月，其日戊己。"注："己之为言起也。"

庚：《说文》称："庚，位西方。"西方之位，则秋成也。庚又通更，故秋收更待来春。

辛：金味辛，物成而后有味，辛者新也，秀实新成。《礼记·月令》："其日庚辛。"注："辛之言新也，因以为日名焉。"《说文》："秋时万物成而熟，金刚味辛。"

壬：妊也，阳气潜伏地中，万物被养育。《史记·律书》："壬之为言任也。言阳气任养万物于下也。"《前汉书·律历志》："怀妊于壬。"妊即妊娠，养育。

癸：揆也。《史记》："癸之言揆也，言万物可揆度，故曰癸。"万物闭藏，蓄势待发，可揆度也。

地支取象，前人亦有说明：

子：滋也。《说文》："十一月阳气动，万物滋入，以为称。"徐锴曰："十一月夜半，阳气所起。人承阳，故以为称。"物受阳气所滋，生意渐萌，万物待孳。

丑：纽也，寒气自屈纽也。《说文》："纽也。十二月，万物动，用事。象手之形。"《前汉书·律历志》："纽牙于丑。"《释名》曰："丑，纽也。寒气自屈纽也。"即寒气自屈曲而渐消解。

寅：即演，演生物也。《淮南·天文训》："斗指寅则万物螾。"螾：动生貌。《史记·律书》："寅言万物始生螾然也。"象万物盘曲而生。《前汉书·律历志》："引达于寅。"《释名》："寅，演也。演生物也。"繁衍而万物生。

卯：冒也，万物冒地而出。《说文》："冒也。二月，万物冒地而出，象开门之形，故二月为天门。"

辰：震也，舒伸也，欠伸而起，生长也。《说文》："辰，震也。三月阳气动，雷电振，民农时也。"《释名》："辰，伸也。物皆伸舒而出也。"

巳：已也。像万物盘曲，枝叶交错，蒸蒸繁生之貌。《说文》："已也。四月阳气已出，阴气已藏，万物皆成文章，故巳为蛇，象形。"

午：仵也，五月阳气极盛，万物壮大，阴气萌而仵之。《说文》：“牾也。五月阴气午逆。”《淮南子·时则训》：“斗五月指午。”斗此指北斗柄。

未：味也，昧也。《说文》：“未，味也。六月，百果滋味已具，五行木老于未，象木重枝叶之形。”《礼记·月令注》：“季夏者，斗建未之辰也。”《释名》：“未，昧也。日中则昃，向幽昧也。”

申：万物申束以备成体。《释名》：“申，身也。物皆成，其身体各申束之，使备成也。”《史记·律书》：“七月也。律中夷则，其于十二子为申。申者，言阴用事，申贼万物。”作物渐熟，枝叶萎黄干枯，成收缩之状。

酉：就也，万物成就。《说文》：“酉，就也。”徐曰：“就，成熟也。”《史记·律书》：“八月也。律中南吕，其于十二子为酉。酉者，万物之老也。”老即成，谓之老成。

戌：万物毕成，束敛。《说文》：“灭也。九月阳气微，万物毕成，阳下入地也。五行，土生于戊，盛于戌，从戊含一。”《前汉书·律历志》：“毕入于戌。”亦释为灭，即万物冬藏也。

亥：核，果实。万物藏于地下，养其根荄。《说文》：“亥，荄也。”亥亦核，即果实。

从天干、地支之释义看，十天干、十二地支，皆因物取象，义有自来，实际也是一种物候文化，物候学。

昔人将十天干分为二组：以甲、丙、戊、庚、壬为阳干；乙、丁、己、辛、癸为阴干。同样将地支也分为二组：子、寅、辰、午、申、戌为阳支，丑、卯、巳、未、酉、亥为阴支。这就使天干地支与阴阳学说联系起来。

以一天干在前，一地支在后，使阳干与阳支配对，阴干与阴支配对，即阳干不配阴支，阴干不配阳支，即按甲子、乙丑、丙寅、丁卯、戊辰、己巳、庚午、辛未、壬申、癸酉、甲戌、乙亥……之序排列，得数六十，俗称“六十花甲子”。汉代蔡邕《月令章句》说：“大挠采五行之情，占斗罡所建，于是始作甲乙以名日，谓之‘干’；作子丑以名月，谓之‘支’。干支相配，以成六旬。”（六十花甲表见附录）

干支记时是否创制于黄帝时代，已不可确考，但商之先公微字上甲，其子报丁，报丁之子报乙，报乙之子报丙等，即成汤天乙前六世祖，皆以天干为字；夏之季世有二王，一为孔甲，一为履癸（即夏桀），可见天干始于夏代，已有确切证据。从月建上看，夏历建寅，即以寅月，今农历正月为一年之始；殷历建丑，即以今农历十二月为岁首；周历建子，即以今农历十一月为岁首；秦历建亥，即以今农历十月为岁首；则夏代已有地支之用。今之农历即建寅，从汉武帝起沿用至今，故今之农历即夏历。

依伶舟鸠说，公元前1057年周朝建立，现今史学界公认商有天下六百余年，夏有天下四百余年，则干支之用，在我国已有三千六七百年乃至四千年左右之历史，故一切以干支记时法传自境外之说，都是没有根据的，站不住脚的。

在殷墟出土的甲骨卜辞中，记月记日完全用这种干支组合，而且在几片卜骨上，还完整刻有六十花甲表。轮回一次，就是60天。《周礼·春官·冯相氏》载有记时职官的责任，是“掌十有二岁，十有二月，十有二辰，十日，二十八星之位。辨其叙事，以会天位”。由此可见，西周初年，与前代一样确定了制历专职官员，不但专用干支记录月日，而且也延伸到地支记年和时辰上面。

由此可见，至迟自周代起，我国即以干支纪年，这种纪年方法，有一个极大好处，即不因朝代之兴替使纪年中断，使历史记载如线之贯珠，连续不绝。故中国史家一直以干支纪年，虽然近代引进西历，即格里高利历，但干支纪年仍在农历中使用，如今年（2012）是农历壬辰年，即龙年；九月即庚戌月。

生肖，即以几种动物将人之生辰分类，肇自何时？何以用这几种动物而不用另几种动物，还存在一些说法，今从历史的角度加以考察。

来自物候学

植物的生长，动物的活动，常有固定的时限，固定的时间，如公鸡报晓，恐怕一万年前的古人就已经发现而且加以利用。远古时期，发明据天象确定的历法以前，先民确定季节的方法，常常利用周围环境，特别是动植物生态及活动的有规律变化，称为“物候”。至今尚存的夏代物候历，称为《夏小正》，它是中国现存最早的一部农事历书，原为《大戴礼记》中的第47篇。《史记·夏本纪》里太史公司马迁说过：“孔子正夏时，学者多传《夏小正》云。”正因为孔子研究过，所以《夏小正》至今没有散失。北宋邢昺《尔雅疏》指出：“《夏小正》者，以虫鱼草木正十二月之节候，起于夏后氏，故曰《夏小正》。”

这部古书里把每个月的动、植物生态、动态及星象记录下来，让人们看到这些动物的行为，植物的生长，及星辰的方位与运动，就知道进入某个月了。

按：以下之《夏小正》引文，皆摘引有关动物之一部分，非直录全文。

正月：雁北乡。雉震呴（gòu）（《传》曰："震也者，鸣也。呴也者，鼓其翼也。"一作："震也者，鼓其翼也；呴也者，鸣也"）。鱼陟负冰。田鼠出。獭献鱼（献即献祭，陈列，獭食鱼往往不食完，将残鱼弃置岸边，如人献祭）。鹰则为鸠。鸡桴粥（即"鸡孵雏"，桴，通"孚"。《传》曰："鸡桴粥。粥也者，相粥之时也。或曰：桴，妪伏也；粥，养也。"孔广森补注："桴，读为孚。《说文解字》曰：'孚，卵孚也'"）。

二月：初俊羔（俊羔：大羔，初俊羔即初断奶之大羔）助厥母粥（粥：养；自食草而助其母之养）。祭鲔（wěi）（鲔为白鲟古称，又名剑鱼，象鱼，巡游于长江干流，东海、黄海沿岸亦有发现，是一种到内河产卵的海鱼，鱼到内河产卵，即可捕而献祭）。昆小虫（传曰："昆者，众也，由魂魂也。由魂魂也者，动也，小虫动也。其先言动而后言虫者。何也？万物至是，动而后著。"又"昆"读混，义亦同，即众多小虫混杂蠕动、飞动貌。夏纬瑛作"昆蚩"）。抵蚳（chí）（《传》曰："抵，推也。蚳，螘（yǐ）卵也，为祭醢也，取之则必推之。"古人取白色蚁卵做酱）。来降燕；剥鱓（tuó）（鱓即扬子鳄，俗名猪婆龙，其皮古人多用于蒙鼓。《传》曰："剥鱓以为鼓也"）。有鸣仓庚。

三月：螜（hú）则鸣（螜即蝼蛄，天蝼，俗称土狗）。田鼠化为鴽（鴽即鹌鹑）。鸣鸠。

四月：鸣札（札：《传》曰："宁县也。"札即蚻。扬雄《方言》云："蝉，其小者谓之麦蚻。"麦熟时鸣叫之蝉）。鸣蜮（蜮：食禾害虫，《吕氏春秋》："大草不生，又无螟蜮"）。执陟攻驹（《传》："执也者，始执驹也。执驹也者，离之去母也。陟，升也，执而升之君也。攻驹也者，教之服车"）。

五月：浮游有殷（浮游即蜉蝣；殷：多）。鴂（jué）则鸣（鴂即百鹩）。良蜩（《传》："良蜩，五色具"，即彩蝉）鸣。唐蜩（即螗蜩，一种较小之蝉，《尔雅·释虫》："螗蜩。" 郝懿行义疏："螗蜩小于马蜩，背青绿色，头有花冠，喜鸣，其声清圆"）鸣。颁马（《传》曰："分夫妇之驹也。"怀孕母马与公马分开放牧）。

六月：鹰始挚（鹰学习捕猎）。

七月：狸子肇肆。爽死（爽：爽鸠，鹰类飞禽。《左传·昭十七年》："爽鸠氏司寇也。"《注》："爽鸠，鹰也。"死：逝、散、疏离，随季节或食源而迁徙。食物渐少，气候渐冷，天空中之爽鸠渐离散，减少。说见附录。夏纬瑛作“爽司分”)。寒蝉（又称寒螿、寒蜩。较一般蝉为小，青赤色）鸣。

八月：丹鸟（萤火虫，晋崔豹《古今注·鱼虫》：“萤火，一名丹良……一名丹鸟”）羞（羞肴，餐）白鸟（蚊蚋）。鹿人从（传曰：“从，群也”）。鴽为鼠。

九月：遰（dì）（《玉篇》：“遰：往也”）鸿雁。陟玄鸟（玄鸟：燕子，《诗·商颂·玄鸟》：“天命玄鸟，降而生商。”郑玄笺：“玄鸟，鳦也。”鳦即乙，燕），蛰（虫类冬眠）。雀入于海为蛤。

十月：豺祭（陈列）兽。黑鸟浴（乌鸦忽高忽低，成群飞翔）。玄雉入于淮为蜃。

十一月：陨麋角（麋鹿角脱落）。

十二月：元驹贲（《传》：“元驹也者，蚁也。贲者，何也？走于地中也。”又清毕沅引扬子《方言》曰：“蚁，梁益之间谓之元驹。”蚁即蚂蚁。何按：川中儿歌有“黄生黄生马马，请你家公……”亦以蚁为马，不过此歌之蚁为黄蚁。蚂蚁入地冬眠。此处贲或借为坟，土堆，此指蚁坟。一曰贲古与奔声近，故借作奔）。陨麋角。

今译：

正月：大雁飞向北方，野鸡振翼鸣叫，鱼从结冰的水下上浮，田鼠出洞了，水獭捕鱼陈列水边，鹰捕斑鸠，母鸡孵雏。

二月：大羔已能自食草而不食母乳，鲔鱼初至内河产卵，捕其献祭的时候到了，众多昆虫群出活动，搬开蚁巢取卵以作酱，燕子来到家中作巢，剥鼍皮以备蒙鼓，黄鹂开始鸣叫。

三月：蝼蛄鸣叫，田鼠化为鴽（鹌鹑），斑鸠鸣叫。

四月：麦札小蝉和癞蛤蟆鸣叫，开始执小驹使其学习驾车。

五月：蜉蝣大量产生，伯劳鸟开始鸣叫，五彩蝉鸣叫。螗蜩也叫了。将怀有马驹之母马与公马分开放牧。

六月：雏鹰开始搏击捕杀小动物。

七月：小狸开始捕猎，爽鸠渐疏离，寒蝉鸣叫。

八月：鹿像人一样彼此跟随而成群，萤火虫与蚊虫都忙着进食,准备越冬。鴽化为鼠。

九月：大雁迁往南方，燕子飞去，虫豸入穴冬眠，雀入海为蛤。

十月：豺将捕捉到的小兽陈列而食，乌鸦忽高忽低地飞翔。黑色野鸡入淮水为蜃。

十一月：麋鹿坠落其角。

十二月：蚂蚁入于地下冬眠，麋鹿的角掉下来。

这就是物候历，即用动、植物之生长繁衍，动物之迁徙或冬眠及环境天象等之变化来描述或校正时令。

不仅上古之人如此，即使到了授时比较精准，历书广泛运用的时代，人们也往往通过观察动、植物的生长变化来认定季节，《初学记》卷三引南朝梁简文帝《晚春赋》：“嗟时序之回斡，叹物候之推移。”唐之杜审言亦有“独有宦游人，偏惊物候新”之诗。

在《夏小正》里，生肖动物出现了鼠、马、羊、鸡。

《夏小正》的记录中，虽然出现了一些现今使用的生肖动物，但远非今日之生肖体系，甚至某一种动物来表示某一月的意思也看不出来。在先秦典籍中，还找不到以动物名称纪年或记月的例证，那就是说，十二生肖的引入，还是后来的事。但《夏小正》开用物候表征岁时变化之先河，为后人用十二生肖记时纪年的源头之一。

来自占卜术

动物与地支关联的最早文献，迄今为止，应该是在湖北云梦睡虎地秦墓中发现的一批秦简。

1975 年 12 月，在湖北云梦县城关西部睡虎地发现了秦墓，那是一座葬于秦始皇三十年的古墓，考古编为十一号。根据出土文物得知，墓主人名叫“喜”，他生于秦昭王四十五年（前 262）。在秦王政元年，喜年仅 17 岁时，就根据登记名籍为秦国服徭役。以后他逐渐飞黄腾达，历任安陆御史、安陆令史、鄢令史、治狱鄢等地方政法官吏。在秦王政三年、四年和十三年曾三次从军，参加过多次战斗，为秦统一天下的大业立下汗马功劳。他关心国家大事，到过秦国好几个郡县，最后死在任上。

喜生前参与过“治狱”，墓里有 1155 支秦代竹简(另残片 80 片)，以及毛笔、石砚、墨块等文房用具。竹简上写的内容，主要是秦代法律、医学等，而法律文书似乎是他生前最关爱的东西。从残存的印痕考察，竹简是用三道编绳串联，以毛笔墨书秦字，字迹大多清晰可辨。竹简虽两面皆有文字，但大部分文字写于竹篾黄面。考古人士将全部竹简内容分成十种，其中的八种都是政府发布的文告或法律条文，剩下的两种，一是《日书》甲，一是《日书》乙。

《日书》是方术家用于占卜的实用材料，其中有一篇《盗者》，专门指导通过占卜来侦破盗窃案，虽然十分荒谬，却涉及一些动物与地支的关系，列于下：

子日是鼠。盗者尖嘴稀须，善于弄巧，手黑色，面有黑子，耳上有疤。藏于墙内的粪窖下。名字里多半有鼠、鼷、孔、午、郢这些字。

丑日是牛。盗者大鼻，长颈，大臂，佝偻，眼睛有疤。藏在牛厩中草木下。名字里多半有徐、善、以、未这些字。

寅日是虎。盗者身壮，稀须,面有黑斑，不全于身，上臂臑梗，大疤在臂。藏在瓦器间，白天闭、晚上开，位于西方。名字里多半有虎、豻、貙、豹、申这些字。

卯日是兔。盗者大脸，头圆，疤在鼻上。藏于草中，旦闭、夕启，位于北方。名字里多半有兔、灶、陉、突、垣、义、酉这些字。

辰日。盗者是男子，青赤色，为人不毅，腰上有疤。藏在东南坂下。拉车人是他亲友，不要说出来。名字里多半有图、射、亥、戌这些字。

巳日是虫。盗者长而黑，蛇目，黄色，疤在足。藏于瓦器下。名字里多半有西、茝、亥、旦这些字。

午日是鹿。盗者长颈，细腰，其身不全，长耳，疤在肩。藏于草木下，必依阪险。旦启、夕闭，位于东方。名字里多半有彻、达、鹿、得、获、错这些字。

未日是马。盗者长须、长耳，为人好歌舞，疤在肩。藏于草堆中，在阪险处必得。名字里多半有建、章、丑、吉这些字。

申日是环。盗者圆面，人有点鞞鞞然。天亮能得、天暮不得。名字多半有环、貉、豺、干、都、寅这些字。

酉日是水。盗者黄色，疤在颊上。藏于园中草下，旦启、夕闭。天亮能得、天暮不得。名字多半有酉、起、婴这些字。

戌日是老羊。盗者赤色，其人刚愎，疤在颊上。藏于粪窖边土中。天亮能得、天暮不得。名字多半有马、童、犇、辰、戌这些字。

亥日是豕。盗者大鼻而剽悍，马背，其面不全，疤在腰间。藏在厕所中墙下。天亮能得、天暮不得。名字多半有豚、孤、夏、穀、亥这些字。

这些推测，当然是不经之论，却将一些地支与动物牵连在一起，这些动物尽管与现今之十二属还不尽一致，但已始其滥觞，其中子鼠、丑牛、寅虎、卯兔已经与现今所用之生肖完全一致。

今人李学勤、饶宗颐等考证这种差异，认为多半是文字性的问题。如“巳，虫也”，据许慎《说文解字》“虫，一名蝮”，即毒蛇，其读为许伟切，即虺，虺即蛇，其篆文亦像蛇屈曲之形。所以这里的“虫”，实际上也就指蛇；而且盗贼相貌又有“蛇目”可证。

“申，环也”，古代从“睘”得声，“睘”字常与从“爰”得声的字通假，因此環应是猨的借字，即猿与申猴相一致。“酉，水也”，“水”与“雉”同为脂部字，韵母相同；水为审母三等，雉为澄母三等，而“雉”字得声的“矢”字也是审母三等；所以水可读为雉。“雉”即野鸡。“戌，老羊也”，饶宗颐引《古今注》“狗一名黄羊”和《本草纲目》卷二十四“狗又名地羊”之语，今蜀人亦称狗肉为地羊肉，认为古代的狗可以称为“羊”。那么，唯一与《论衡》不符的，就是“午鹿”和“未马”。研究者引《五行大义》卷五《本生经》，言及“旦为马，昼为鹿，暮为麞”；秦代赵高欺侮胡亥时还曾指鹿为马，且有马似鹿者贵千金之说。而且鹿和马古代都胜任驾车，因而可以互通。由于“未马”的盗贼相貌是“长须”，与羊相近，却与马相远，可能简文上有误字。

另外值得一提的是 1986 年甘肃天水放马滩一号秦墓又出土了 460 枚竹简，内容为甲、乙两种《日书》和《墓主记》。放马滩又名牧马滩，地处秦岭山脉中部，属天水市北道区党川乡。这里的一百多座秦汉墓葬，均集中于四道岭山坡上，呈扇形分布，墓群保存较好。如果说睡虎地《日书》是楚地版本，放马滩《日书》则是秦地版本。

这部放马滩《日书》，与云梦睡虎地《日书》内容有同有异，反映了前者的秦文化与后者的楚文化之差异性。

放马滩《日书》甲种的《亡盗》中，所说的十二生肖，有 10 个与《论衡》相同（下一节将介绍《论衡》有关内容），只有“辰，虫矣”和“巳，鸡矣”与“辰龙”、“巳蛇”不符。辰日的盗贼“其为人长颈，小首，小目”，所描写的形象显然不是虫，而很像龙；所以“虫”应该是“龙”的误写。后面“巳，鸡矣”明显是抄错了，因为下文已经有“酉，鸡矣”的话，不可能出现两个属“鸡”的地支；而且巳日的盗贼形象，是“小面，长，赤目”。这分明是蛇的样子，而不像鸡（这两篇《秦简》的有关摘录之原文，请参看附录）。

这两种秦简虽然将一部分生肖动物与十二辰联系起来，却只停留在纪日上，如子日是鼠，还可以理解为子日是类似鼠的人进行盗窃等，并没有明确表征是否用其纪年，纪月。更未谈及其是否为人之属相。

来自五行说之讨论

除了近年出土的秦简等说到一些动物与地支的关系，通行文献中，最早并完整提到地支与生肖动物对应关系的，当数东汉王充的《论衡》。

《论衡·物势》：

五行之气相贼害，含血之虫相胜，其验何在？

曰寅，木也，其禽虎也；戌，土也，其禽犬也：巳，火也，其禽蛇也。子，亦水也，其禽鼠也；午，亦火也，其禽马也。水胜火，故豕（豕为亥之禽，亥为水）食蛇；火为水所害，故马食鼠屎而腹胀。

曰：审如论者之言，含血之虫，亦有不相胜之效。午马也；子鼠也；酉鸡也；卯兔也。水胜火，鼠何不逐马？金胜木，鸡何不啄兔？亥豕也；未羊也；丑牛也。土胜水，牛羊何不杀豕？巳蛇也；申猴也。火胜金，蛇何不食猕猴？猕猴者，畏鼠也。啮猕猴者，犬也。鼠水，猕猴金也。水不胜金，猕猴何故畏鼠也？戌土也，申猴也。土不胜金，猴何故畏犬？

一人陈述，然后又假设另一人反驳他：金克木，为什么属金的鸡不啄属木的兔？火克金，为什么属火的蛇不咬属金的猴？反过来讲，水不克金（金生水），为什么属金的猴害怕属水的鼠？土不克金（土生金），为什么属金的猴害怕属土的狗？确实难以自圆其说。

这证明了五行生克理论根本不能和动物挂钩。这就是王充的结论。王充是汉代最具科学头脑的学者之一，对于以动物来说明五行的相生相克，表述了他高于当时一些五行学家的见解。当然，我们所要关注的不是五行学说，我们所要关注的是：王充在讨论五行生克说时道出了地支与生肖动物的对应关系。此处“禽”为动物的通称。

范曾《干支与生肖的迷雾》文中注意到，王充列举的生肖只有11种，漏掉了龙。后来，范曾在《论衡·言毒》里发现这样一段话："辰为龙；巳为蛇；辰、巳之位在东南。龙有毒，蛇有螫；故蝮有利牙，龙有逆鳞。"

东汉赵晔《吴越春秋·阖闾内传第四》分析吴越地形时说过：吴的地位在辰方，属龙；所以小城南门上的反羽（一作反宇，屋檐仰起之瓦头，或屋脊翘起之鳌头）塑造成两鲵，以象征龙角。越的地位在巳方，属蛇；所以南大门上刻有木蛇，头朝北向内，表示越属于吴。这是东汉时期辰属龙之说的又一例证。

由于所举秦简长期埋藏地下，汉及其后的各种方书、类书并未搜集其内容，因而不能判断王充之说是否直接继承了这些说法。但有一点可以肯定，王充之说不是空穴来风，必有所自，或来自先秦历算星象方术家之论，或来自秦汉以来民间流传之说，或来自边地民族之习用。总之，王充之《论衡》是将十二地支与十二生肖动物完全联系起来的最早文献，与今日所用的十二生肖完全一致，因而可以认为，王充之说，是十二生肖文化最早的奠基性叙述。

杨英《秦简日书盗者刍议》文中提出新的论点，他发现《抱朴子·登涉》篇有一段与《盗者》日支动物的说法，有承袭关系。书中所讲述的是入山修行的道士，在不同地支之日，可能会碰见山中各种动物精怪，它们以各种外号自称。

山中寅日，有自称虞吏者，虎也；称当路君者，狼也；称令长者，老狸也。

卯日称丈人者，兔也；称东王父者，麋也；称西王母者，鹿也。

辰日称雨师者，龙也；称河伯者，鱼也；称无肠公子者，蟹也。

巳日称寡人者，社中蛇也；称时君者，龟也。

午日称三公者，马也；称仙人者，老树也。

未日称主人者，羊也；称吏者，獐也。

申日称人君者，猴也；称九卿者，猿也。

酉日称将军者，老鸡也；称捕贼者，雉也。

戌日称人姓字者，犬也。称成阳公者，狐也。

亥日称神君者，猪也；称妇人者，金玉也。

子日称社君者，鼠也；称神人者，伏翼也。

丑日称书生者，牛也。

某一地支之日，自称某物的精怪原形与生肖动物一致，明显含有十二生肖方术的渊源。

《抱朴子》为葛洪著，葛洪为东晋人，已远在东汉王充之后，虽用日支，但其论极有可能受到王充或方术家等论述及民间传说之影响，睡虎地等秦简不见诸载籍，葛洪之述是否受睡虎地等秦简直接影响，没有确切文献可资依据。只能说葛洪之说，与《论衡》关于十二生肖之说法有相同处，证明了由东汉至晋，十二生肖之十二种动物已经定型，其与十二地支或十二辰之联属也已经固定下来。

另一个需要关注的问题是：为什么是这十二种动物进入生肖系列，而不是另外的动物？

十二生肖的十二种动物，可以分成三类：

第一类是已被驯化的牲畜，即牛、羊、马、猪、狗、鸡六种，称为“六畜”，它们是生肖的基干队伍，占有十二种动物的一半。六畜在史前时代已被驯化，与人类长期相伴，成为役使的对象或食物的重要来源。国人对于六畜，可谓爱护备至，南北朝梁人宗懔(约 501～565 年)所撰《荆楚岁时记》中，引董勋《问礼俗》说：“正月一日为鸡，二日为狗；三日为羊，四日为猪，五日为牛，六日为马，七日为人。”《荆楚岁时记》并说：“今一日不杀鸡，二日不杀狗，三日不杀羊，四日不杀猪，五日不杀牛，六日不杀马，七日不行刑，亦此义也。”又说：“荆人于此日向辰，门前呼牛、羊、鸡畜令来，乃置粟豆于灰，散之宅内，云以招牛马。”春节的头六天，人们还要专门招待那六种动物。只有初七人日，人们才留给自己。今人之说法稍有差异，是一鸡二犬三猪四羊，猪与羊对调了一下。故六畜进入生肖行列，是不言而喻的。

第二类是野生动物中为人们所熟知或畏惧的，即虎、兔、猴、鼠、蛇五种，其中人们敬畏的是虎、蛇；人们厌忌的是鼠类；人们喜爱的是兔、猴。

第三类是传统的象征物，即龙。龙是中华民族的象征，是集许多动物的特性于一体的“灵物”，表征高贵吉祥。

有人举《左传·僖公五年》“丙之晨，龙尾伏辰”童谣为证，僖公五年为公元前655年，童谣中已有龙与辰的配对。这种说法并不确切，因为辰不一定指时，这里的龙更可能是东方苍龙七宿，辰更可能是指星辰，而非时辰。《春秋·鲁昭公十七年》："有星孛于大辰。"《公羊传》："大辰者何，大火也。大火为大辰。"注："大火谓心星。"因而，这句话的意思更可能是辰星伏于苍龙之尾。另，辰亦表示日月之会，如前引伶舟鸠对周景王问之"辰在斗柄"即表示日月会合于斗柄。

从以上讨论，可以确定，十二地支至迟在东汉时，已经与十二种动物挂上钩，这种联系已经定型，固定下来。在用十二地支表述的某些场合，可以用十二种动物分别代替，如子年可以称鼠年，丑年可以称牛年，寅年可以称虎年了，等等。但它还没有成为人的属相，没有成为生肖。十二种动物成为生肖，应当是魏晋南北朝的事。这就是我们将要说到的最重要之一点。

来源于民族大融合

以动物纪年的生肖文化，不仅中原的汉族有，边地民族也有，实际上边地民族，在接受中原文化以前，没有干支可用，没有帝王在位时间可资参考，更没有帝王年号，因而也就没有连续的编年史。用动物纪年，就成为他们的必要选择。

《史书》载："黠戛斯国以十二物纪年，如岁在寅，则曰虎年。"黠戛斯汉作鬲（gé）昆，又作隔昆，或坚昆；南北朝至隋作护骨，或结骨、契骨、纥骨；唐朝通用的汉译名是黠戛斯（xiá jiá sī），或纥扢斯（hé gē sī）。唐初，黠戛斯属薛延陀汗国。632年，唐朝发使聘问。648年，其首领失钵屈阿栈入唐，唐以其部为坚昆都督府，任失钵屈阿栈为都督，隶燕然都护府。后黠戛斯被回纥打败，为回纥属部。9世纪30年代末，回鹘汗国内乱，不久，黠戛斯发兵攻灭之。回鹘部众分数支南下和西徙。黠戛斯追击西迁回鹘部众，曾一度占领安西与北庭，但不久退出。此时黠戛斯可汗牙帐由睹满山（又作贪漫山，今叶尼塞河上游萨彦岭）之北迁到睹满山之南；南邻吐蕃，西南连葛逻禄。吐蕃之通葛逻禄，畏惧回鹘抄掠，往往需借黠戛斯护送。845年，唐曾册立黠戛斯可汗为宗英雄武诚明可汗。

黠戛斯人赤发皙面；也有黑发之人，传说为汉代李陵之后。主要从事游牧，兼营渔猎，也有少量的农业。信仰萨满教，称为"甘"。使用类似北欧的鲁尼字母拼写的文字，这种文字一直流传到其东南邻族突厥与回鹘。约10~12

世纪，大量黠戛斯人移至天山西部地区，与当地居民融合，为今日我国的柯尔克孜族和中亚的吉尔吉斯人。

《宋史·吐蕃传》载，吐蕃首领叙事时，多以动物记时：“道旧事则数十二辰属日，兔年如此，马年如此。”

清赵翼《陔余丛考》认为：“盖北俗初无所谓子、丑、寅、卯之十二辰，但以鼠、牛、虎、兔之类分纪岁时。至汉时呼韩邪（单于）款塞入居五原，与齐民相杂，浸寻流传于中国，遂相沿不废耳。”

赵翼的说法是正确的，以动物纪年是否由汉时呼韩邪单于带入中原，已不可确考。前面介绍的睡虎地秦简，已经有生肖动物与地支相连缀的情形，匈奴呼韩邪部与汉民杂居，将动物纪年法带入中原，或推广这种纪年法于中原是极有可能的。匈奴单于呼韩邪前 58 ~ 前 31 年在位。曾于汉宣帝五凤四年（前 53）夏，引众南近塞，遣子入汉，对汉称臣，甘露三年(前 51)正月，朝见汉宣帝于甘泉宫(今陕西淳化西北)，受特殊礼遇。并三次朝汉，自请为婿，娶汉宫女王嫱(昭君)为妻。以动物纪年，当于此时传入汉地。生肖附于地支，也必于此时在汉地逐渐流传开去。

边地民族既以生肖动物纪年，则必以这些动物来记人之生辰，如某为马年生人，今年为羊年，从其体貌，即可大致判定其年龄，如其为十三岁，二十五岁，三十七岁，等等。在汉人与边地民族混居区，一边以干支记人生辰，一边又以马年羊年记人生辰，久之这两种记法便融为一体，以干支为主，而以生肖动物为附属，十二属相从而产生。此后人之生辰不仅以干支记其年月日时，而且以生肖动物配其生年，子年生人便属鼠，丑年生人便属牛，寅年生人便属虎，等等。使人之生辰内涵更加丰富多彩而饶有兴味，同时也增加了实用性。十二属相、十二生肖便由之产生，形成了流传至今的生肖文化。

生肖文化到底起源于何时，已不可确指，但其流行于南北朝时期，则有确证。《周书·晋荡公护传》中，讲北周、北齐交战之时，齐王扣留晋荡公宇文护之母阎姬，并命人代阎姬写给宇文护一封信。信中有：“汝与吾别时，年尚幼小，以前家事，或不委屈。昔在武川镇生汝兄弟：大者属鼠，次者属兔，汝身属蛇。”小朝廷之争，姑且置而不论，但这封信说明了至少在南北朝时，人们已经普遍采用十二属相记人之生年。

另有一力证，南北朝萧梁之沈炯有诗作《十二属》：“鼠迹生尘案，牛羊

(一作犊）暮下来。虎啸坐空谷，兔月向窗开。龙隰远青翠，蛇柳近徘徊。马兰方远摘，羊负始春栽。猴栗羞芳果，鸡跖引青杯。狗其怀屋外，猪蠡窅悠哉。”将十二属相以嵌头诗的形式，按序完整地排列出来，并描写其所处环境，生存情态，与他物之关系，是最早完整吟咏十二生肖之诗作。可见十二属相其时已深入生活，为民众所喜爱、接受，不仅流行于民间，也进入了文人士大夫之视野，成为诗歌创作源泉之一。

十二属相自南北朝开始流行，绝非偶然。西晋永嘉之乱，同室操戈，自相残杀，国力空前消耗，边地民族乘机入侵，晋室再也不能在北方立足。自东晋建武元年（317）偏安江左，匈奴、鲜卑、羯、羝、羌等五个边地民族大举进入中原，据地称王，纷纷建立割据政权，史称五胡十六国。民族融合的步伐更加快速，生肖文化必定越益普及。元魏逐渐统一北方，旋又分裂成东魏、西魏，继之而起的是高齐与宇文周，是为北朝。东晋自刘豫禅代造宋，继之走马灯似地历经齐、梁、陈三代，是为南朝。南北对峙，自东晋建武元年至陈后主祯明末年（589），始归统一。近三百年间，进入中原之边地民族与原住民逐渐融合，其文化与汉文化也相互渗透、融合。十二生肖文化遂传遍神州大地。

因而，生肖文化是民族大融合之产物，是中华多民族国家形成的见证，也是各民族文化交流，互相学习的见证。更说明中华民族是一个开放的民族，一个包容的民族，一个雍容大度，善于学习，善于吸纳一切优秀文化，包括外域优秀文化，以充实自己的民族。中华五千年璀璨的文明大厦，是境内各民族共同构建的，为各民族所共有，也为各民族所共享。

十二生肖为什么按子鼠、丑牛、寅虎、卯兔、辰龙、巳蛇、午马、未羊、申猴、酉鸡、戌狗、亥猪的顺序排列？这个问题好回答也不好回答，从王充的《论衡》相关叙述中，更早一点，从睡虎地秦简等中，可以看出，当时生肖动物中已经与地支相连缀，如子鼠、丑牛等，这些动物进入生肖，做人属相，保持其原有顺序，或者，保持其与原来地支的连缀，就是十分自然之事，不必多加追究。下面介绍几种说法，仅供读者参考。

《说郛》卷七三中引宋代洪巽《旸谷漫录》中有个推论，他认为是将地支分为阴阳两部而来：

子、寅、辰、午、申、戌俱属阳，故取相属之奇数爪足的动物，因鼠、虎、龙、猴、狗皆五指，而马为单蹄，所以与之相配。丑、卯、巳、未、酉、亥则属阴，故取相属之偶数爪足动物，因牛、羊、鸡、猪皆四爪，兔两爪，蛇两舌，所以与之相配。

明代郎瑛《七修类稿·十二生肖》言“地支在下”，动物就应看它们下面的足趾数目。鼠的前肢是四爪，偶数为阴；后肢是五爪，奇数为阳；相应子时的前半部分为昨夜之阴，后半部分为今日之阳，所以要用鼠来象征子时。牛、羊、猪蹄分成四片，鸡足四爪，再加上兔的缺唇而且四爪，蛇舌分岔，这六种动物合于偶数，应该占据六项属阴的地支。龙、虎、猴、狗都是五爪，马蹄圆而不分，它们均属奇数，连同鼠占了另外六项属阳的地支。郎瑛这种归类法，与洪巽的说法大同小异。

按他们的理论，十二种动物按足趾数排列，奇偶插花交错：牛四趾，为偶；虎五趾，为奇；兔四趾，为偶；龙五趾，为奇；蛇无趾却两舌，为偶；马单蹄，为奇；羊四趾，为偶；猴五趾，为奇；鸡四趾，为偶；狗五趾，为奇；猪四趾，为偶。十二种动物中只有鼠最特殊，前足为四趾，为偶；后足五趾，为奇；鼠成了奇、偶全占，因此就排在生肖的首位了。

明代叶世杰《草木子》另有说法：术家以十二禽配十二辰，原因是每个生肖动物各有不足之形：鼠无牙、牛无齿、虎无脾、兔无唇、龙无耳、蛇无足、马无胆、羊无瞳、猴无臀、鸡无肾、犬无胃、猪无筋。其所以选择这些动物，是因为它们各有缺陷。

明代李长卿《松霞馆赘言》则认为：

然子何以属鼠也？曰：天开于子，不耗则其气不开；鼠，耗虫也，于是夜尚未央，正鼠得令之候，故子属鼠。

地辟于丑，而牛则辟地之物也，故丑属牛。

人生于寅，有生则有杀，杀人者，虎也；又寅者，畏也，可畏莫若虎，故寅属虎。

卯者，日出之候，日本离体，而中含太阴玉兔之精，故卯属兔。

辰者，三月之卦，正群龙行雨之时，故辰属龙。

巳者，四月之卦，于时草茂，而蛇得其所；又，巳时蛇不上道，故巳属蛇。

午者，阳极而一阴甫生；马者，至健而不离地，阴类也，故午属马。

羊啮未时之草而茁，故未属羊。

申时，日落而猿啼；且申，臂也，譬之气数，将乱则狂作横行，故申属猴。

酉者，月出之时；月本坎体，而中含太阳金鸡之精，故酉属鸡。

戌时方夜，而犬则司夜之物也，故戌属犬。

亥者，天地混沌之时，如百果含生意于核中；猪则饮食之外，无一所知，故亥属猪。

他的这些论证似乎有根有据。因为天开于子，没有缝隙气就跑不出来，物质无法利用，老鼠专门在半夜咬缝，所以子时属鼠。地辟于丑，牛是专门耕地的动物，于是丑时就属牛了。人生于寅，“寅”字有敬畏之意，人最畏的是老虎，因此寅时属虎。卯时太阳准备出来，太阳属于离卦，离卦中间含有太阴之精，那就是月宫“玉兔”，于是卯时属兔。辰主三月，正是群龙行雨的时候，故辰时自然属龙。巳主四月，那时草好，蛇善于用以藏身，而且巳时蛇不在路上游动，所以巳时属蛇。午时阳气达到极限，阴气刚欲产生，马刚健而离不开地，是阴类动物，故午时属马。羊吃了未时的草，并不影响草的再生，未时就属羊了。申时日落猿啼，而且申是“臂”的象征，而猴子最善于伸臂攀登，故申时属猴，酉时月出，月属坎卦，坎卦中间含有太阳之精，那就是日中金鸡，故酉时属鸡。戌时天渐渐黑了，狗开始看家护院，因此戌时属狗。亥时是天地混沌之时，而猪混沌得除了“吃”以外一无所知，亥时自然就属猪了。

这种说法漏洞很多，有的十分荒诞，如天开于子，是鼠将天咬开一个缝隙，天之不存，鼠从何来？大部分生肖联系到时辰来解释，但辰巳却联系到月份来解释；子丑寅又以三才来解释；显得支离破碎，牵强附会。

至于民间传说中生肖排队的故事，更属童话，仅举一例，以见一斑：

当年轩辕黄帝要选十二动物担任宫廷卫士，猫托老鼠报名，老鼠给忘了，结果猫没有选上，从此与鼠结下冤家。大象也来参赛，被老鼠钻进鼻子，给赶跑了。其余的动物，原本推牛为首，老鼠却窜到牛背上，猪也跟着起哄，于是老鼠排第一，猪排最后。虎和龙不服，被封为山中之王和海中之王，排在鼠和牛的后面。兔子又不服，和龙赛跑，结果排在了龙的前面。狗又不平，一气之下咬了兔子，为此被罚在了倒数第二。蛇、马、羊、猴、鸡也经过一番较量，一一排定了位置，最后形成了鼠、牛、虎、兔、龙、蛇、马、羊、猴、鸡、狗、猪的顺序。

便是今人依事造说，纯属子虚乌有，连小孩子都不会相信。

生肖嬗变，文化赋义。生肖文化成型于东汉，始用于南北朝，迄今悠悠两千年岁月。经过长期流传、积淀、创造，人们赋予十二生肖愈来愈多的精神文化内涵。即使毒蛇猛兽，也被美化、善化、温馨化、人性化，如鼠代表智慧，牛代表勤劳，勤劳兼智慧，则具巨大创造力。虎代表勇猛，兔代表谨慎，勇猛而谨慎，则所向无前。龙代表刚毅，蛇代表柔韧，刚柔相济，何难不克？马代表奋进不息，羊代表团结合作，团结奋进，何事不成？猴代表灵活，鸡代表有恒，灵活而有恒，无远弗届。狗代表忠诚，猪代表随和，忠诚而随和，无坚不摧。衍生出丰富多彩的十二属相文化。十三亿众，人必有一属；岁序轮换，年必有一相；岁岁有年，人人过年。故十二生肖文化，成为中华文化中历久弥新，生机勃发，趣味盎然，应用面最广的一环。有关十二生肖的文艺作品，与时推移，不断积累。在《诗经》《楚辞》中，有众多涉及十二生肖的作品，此后历代文人骚客，均有吟咏之作，特别是十二种动物进入生肖系列后，作品更多，成为丰富的文化遗产。

由上叙述，不难得出结论：十二生肖是记时文化，是生辰文化，是众生平等的和谐文化，也是为百姓接受的喜闻乐见文化。人们虽然每年都过生日，但对本命年尤为重视，都要热烈庆祝。这也是十二生肖文化应用于每一个人的显例。

十二生肖文化历久弥新，不仅为国人喜闻乐见，反映在诗词曲赋中，反映在绘画雕刻中，反映在今日的影视作品中，而且在国外也受到人们广泛关注，如在新加坡的公园中，就有十二生肖的雕塑，在美国等国也有十二生肖雕塑。不仅国内发行生肖邮票，而且国外也发行生肖邮票。这都说明，生肖文化渐有走出国门之势，为全人类所共享。作为首先使用生肖，并积淀了这样丰厚的生肖文化的我们，为此深感自豪。

下面对对历史上境内外用十二种动物纪年法略作介绍。

在大约刻写于 8 世纪的《回纥毗伽可汗碑》上，有羊年、猴年、猪年、兔年记录。在《阙特勤碑》《翁金碑》等碑文中，也同样使用了十二兽历。敦煌、吐鲁番出土的13世纪前后回鹘（hú）文献、题记，都采用十二兽历纪年。在西伯利亚及中亚地区，考古人员也曾多次发掘出刻有十二生肖动物图案的文物。

由麻赫穆德·喀什噶里编纂，成书于11世纪的《突厥语大词典》中，记述了一个传说：

可汗发现历史上一次战争的年代存在差错，便与其部民开会商议，可否给每一年份确定一个名称？部民们都赞同可汗的建议。于是可汗下令，将所有野生动物向伊犁河驱赶，许多动物纷纷跳进河中，有十二种动物游过了河，野鼠成为冠军，因此第一年的名称便叫鼠年。其后过河的动物分别是：牛、虎、兔、龙、蛇、马、羊、猴、鸡、狗、猪。猪年过后，再从鼠年开始计算。喀什噶里说，本书完成之年为回历466年（1073）元月，业已进入蛇年。

突厥人还据此预测每年的休咎。如牛年战争频仍，因为牛经常互相顶角；鸡年食物充足，但人们麻烦会增多，因为鸡会乱抛垃圾；龙年雨水多，粮食丰收；猪年有酷寒，流言蜚语多。这些说法，竟然与《日书》按日支十二禽推测盗窃者容貌的思路基本一样。

印度《阿婆缚纱》和《行林钞》言及十二生肖动物认为它们原是十二神祇座下的神兽：招杜罗神将驾鼠；毗羯罗神将驾牛；宫毗罗神将驾狮；伐折罗神将驾兔；迷企罗神将驾龙；安底罗神将驾蛇；安弥罗神将驾马；珊底罗神将驾羊；因达罗神将驾猴；婆夷罗神将驾金翅鸟；摩虎罗神将驾狗；直达罗神将驾猪。与汉文化的生肖差别，只是以狮代虎、以鹏代鸡而已。

其他佛经中也有相关的记载，如《大集经·虚空目分中净目品》五称，十二生肖原是住在四海山中分别主持十二时辰的动物，到了那个时辰便巡行人世，它们依次是：子鼠、丑牛、寅狮、卯兔、辰龙、巳蛇、午马、未羊、申猴、酉鸡、戌犬、亥猪。《药师本愿功德经》说昼夜十二时的护法神将，分别名为：毗羯罗大将（子时）、招杜罗大将（丑时）、真达罗大将（寅时）、摩虎罗大将（卯时）、婆夷罗大将（辰时）、因达罗大将（巳时）、珊底罗大将（午时）、额你罗大将（未时）、安底罗大将（申时）、迷企罗大将（酉时）、伐折罗大将（戌时）、宫毗罗大将（亥时）；他们各自头戴鼠、牛、虎等冠帽，这与《七曜禳灾诀》的说法相呼应。比如求金星禳灾，此书卷上有：“金宫太白者，禳之法当画一神形，形如天女，手持印，骑白鸡。”卷中说：“金，其神是女人，着黄衣，头戴鸡冠，手弹琵琶。”《梵天火罗九曜护》亦云：“太白星，西方金精也。形如女人，头戴酉冠，白练衣，弹弦。”可见以酉代鸡，在五行中属金，七曜中是太白星，与五行家言相合。

1904 年，德国探险队曾在高昌古城发现一份用粟特语写成的日历。记载的格式是这样：每日先写粟特语七曜日名，次写干支译音，后面以粟特语写鼠、牛、虎、兔等十二兽名，其第三位为“虎”而非狮，与汉文化一致。

我国是 56 个民族组成的大家庭，每个民族都有自己特有的民俗文化，生肖文化是其中的一部分。大多数民族，包括汉、满、蒙古、藏、壮、羌、彝、哈尼、畲、拉祜、纳西，以及阿尔泰语系诸族等等的生肖名称和序列，都完全一致，是鼠、牛、虎、兔、龙、蛇、马、羊、猴、鸡、犬、猪；只有少数地区及族人略有不同。现列于下：

桂西彝族——龙、凤、马、蚁、人、鸡、狗、猪、雀、牛、虎、蛇。

哀牢山彝族——虎、兔、穿山甲、蛇、马、羊、猴、鸡、狗、猪、鼠、牛。

海南黎族——鸡、狗、猪、鼠、牛、虫、兔、龙、蛇、马、羊、猴。

云南傣族——鼠、黄牛、虎、兔、大蛇、蛇、马、山羊、猴、鸡、狗、象。

新疆维吾尔族—鼠、牛、虎、兔、鱼、蛇、马、羊、猴、鸡、狗、猪。

柯尔克孜族——鼠、牛、虎、兔、鱼、蛇、马、羊、狐狸、鸡、狗、猪。

四川凉山地区的彝族，年、月、日都按鼠、牛、虎、兔、龙、蛇、马、羊、猴、鸡、狗、猪次序；但个别地方或以马月为首月，或以羊月为首月，或以猴月为首月。哀牢山彝族的生肖系列中，穿山甲占据了龙的位置，把抽象动物变成实际动物。

海南黎族的十二生肖以鸡起首，而以猴殿后，其中又以虫代虎，这大概与海南岛没有老虎而且多虫有关。

云南傣族各地也稍有差异，德宏地区与汉族完全一致，生活在西双版纳地区的傣族以黄牛代替牛，以山羊代替羊，亥的属相不是猪而是象，又改龙为大蛇或蛟。

新疆柯尔克孜族是维吾尔族中最古老的一支，十二生肖中，用鱼和狐狸取代龙和猴，这可能是与他们古时的游牧生活有关。

蒙古族的十二生肖纪年，不以鼠年起始，而以虎年为首，把鼠和牛放在最后。这大概是因为在草原上放牧，最怕的是猛虎之故。

各民族由于生存环境的不同，牲畜物种的不同，人们选择最亲近的动物作为生肖动物，从而给生肖文化带来了一定差异。不少少数民族还形成各自不同的纪年、纪月、纪日方法，同时产生了许多与生肖有关的动物崇拜。

白族中有个虎氏族，认为始祖是雄性的白虎，所以虎也不会伤害他们。当大家要出远门时，一定要选在属虎的那天(寅日)，因为只有这样，才会吉祥如意。有的人从远方回来，一定要算准日期，必须在虎日踏进门坎。另外一个鸡氏族，则传说他们的祖先是从金花鸡蛋里孵化出来的，公鸡知道吉凶，会来保佑他们。因此在迁徙时，所有物件装在背箩里，上面必须放一只大公鸡。到达新迁地区以后，公鸡在什么地方叫，就在什么地方安家。

纳西族以牛为圣。《东巴经·创世纪》中记述大海中巨卵孵出一条神牛，角顶破天，蹄踏破地，造成天摇地动，由纳西族人的始祖——开天七兄弟和开地七姊妹将它杀死。用牛头祭天，牛皮祭地，肉祭泥土，骨祭石头，肋祭山岳，血祭江河，肺祭太阳，肝祭月亮，肠祭道路，尾祭树木，毛祭花草。于是，便有了晴朗明亮的天空日月，才有了万物生长的清静世界。从此，牛便作为圣物用来祭祀天地山川。

北方游牧与游猎民族多半崇拜马。保安族有雪白神马的神话；满族有供奉马神的习俗；达斡尔族人称神马为“温古”，神马多为全白色，全尾全鬃，从不修剪，并常在鬃尾拴五彩绸作为标志。这种马不准女人骑，不准人驱赶，甚至可以在田中随意吃秧苗。

哈萨克族崇拜的山羊神，称为“谢克谢克阿塔”，普天下的山羊都归它掌管；绵羊神称为“绍潘阿塔”，统管天下绵羊。祭祀他们可保羊群多产。柯尔克孜族称山羊神为“七力潘阿塔”，他是最早驯养野羊成为家畜的伟人。

满族自狩猎时期就崇拜狗，狗是有恩于满族的动物，因而不吃狗肉，不准打狗，不戴狗皮帽子。湖南、广西、广东的瑶族“勉”支系也崇拜狗，尊奉神犬盘瓠为氏族祖先，称之为“盘王”“盘护王”，建立神庙年年致祭。

广西南丹县瑶族的一支，传说其始祖是个母猴。在远古时，母猴生下的后代力气都很大。当时天上有十个太阳和十个月亮，白天太热，晚上太亮，人们就请这一家子孙打下了九个太阳和九个月亮。人们由此感谢猴妈，大瑶寨的瑶民至今禁忌打猴和吃猴肉。

崇拜蛇的事例，有清代吴震方《岭南杂记》之说：“潮州有蛇神，其像冠冕南面，尊曰游天大帝，龛中皆蛇也。欲见之，庙祀必辞而后出，盘旋鼎俎间，或倒悬梁椽上，或以竹竿承之，蜿蜒纤结，不怖人亦不螫人，长三尺许，苍翠可爱。”“凡祀神者，蛇常游其家。”

民俗学家陈勤建指出，任何习俗总是在现实既定的客观条件下才能产生。以生肖习俗而言，其他文明古国，如印度、希腊、埃及、墨西哥等民族中也有发现。从时间上看，中国的生肖古俗中很早就存在了。从内容上看，虚拟的龙应该是中国的土特产。印度产狮，所以有狮属相；中国不产狮，因此无此生肖。埃及曾崇拜过猫，于是猫被列入属相之中，而中国就没有。有好多迹象表明，生肖习俗是由中国生产并外销出口的。例如墨西哥的基奇霍夫教授曾在一次学术讨论会上说：“美洲当地居民，在欧洲人入侵以前，使用的所谓‘阿兹特克历法’是中国人发明的，它的分类和用牲畜作表征，它的周期性的循环以及其他一些突出的特点，当初都是从中国来的。”他所说的动物表征，就是生肖动物。

亚洲各国的生肖习俗，受中国影响最大，尤其是中国的邻国。

越南人有十二生肖，与中国基本相同，只是中国的兔变成越南的猫。这一差异有民间的说法：因为中国的生肖兔与“卯”，而“卯”又与汉语“猫”音接近，致使越南人将“卯”误为“猫”。此外还有一说，十二生肖传入越南时，越南只有猫没有兔，因猫兔两者外形相近，于是越南人便用猫代兔。

印度人也有十二生肖，与中国基本相同，只是以印度的“狮”代替中国的“虎”。

日本、朝鲜、韩国、泰国、柬埔寨都有生肖文化，名称和次序与中国相同，不过柬埔寨的十二生肖从牛开始；而泰国的十二生肖则从蛇开始。

缅甸人的生肖概念，完全是另外一个体系，不按年月，只按星期。从周一至周日排列：星期一出生的人属太阳；星期二出生的人属火星；星期三上午出生的属水星，下午出生的则属睽星；以下按木、金、土、月而到星期日。虽然经历 7 天，却有八大生肖。

埃及人的十二生肖分别是：牡牛、山羊、猴、驴、蟹、蛇、犬、猫、鳄、红鹤、狮、鹰。与中国的十二生肖相比，有牛、羊、猴、犬、蛇五种相同，而次序则差异颇大，因此并非同一渊源、同一体系。

希腊人的十二生肖，与埃及人基本相同，只是希腊人有“鼠”无“猫”，而埃及人则有“猫”无“鼠”。

墨西哥人有十二生肖，其中虎、兔、龙、猴、狗、猪六种，与中国人相同。其他六种则为墨西哥特有的动物。

古代巴比伦的十二生肖是：猫、犬、蜣螂、驴、狮、公羊、公牛、隼、猴、红鹤、鳄。

英、美虽无十二生肖之说，但由于古希腊人把古巴比伦的天文学和占星术引入欧洲，欧洲人也以十二种动物、十二种植物或十二种钻石来描述黄道十二宫。如法国人以宝瓶、双鱼、摩羯、金牛、白羊、巨蟹、双子、狮子、处女、天蝎、天平、射手组成十二生肖。法国人的十二月名，则按气候和季节性植物来命名，依次为葡月、雾月、霜月、雪月、雨月、风月、种月、花月、牧月、穑月、热月、果月。

生肖动物之名，在姓氏中大多可找到。比如牛、龙、马、羊四兽，属于普通姓，人口众多。但其他八个，虽然姓氏中也存在，却异常罕见。

《新唐书》中载有鼠姓：“唐有鼠尼施。”不过这鼠尼施并非个人姓名，而是唐朝西突厥的一个强悍部落，以大鼠(貂、貉)为图腾，貂尾纛为旗幡徽志。突厥语“尼施”(意为草原明珠)是个部落名称，鼠尼施部落隶属于阿史那部，世居鹰莎川(今新疆开都河上游)。武则天执政后期，下令将鹰娑川鼠尼施部内迁，这一部族便迁到川黔之地，逐渐与当地故西羌部落融合，相对集中于滇西遂久县(今云南丽江)、澜沧江流域金州(今贵州黔西南布依族苗族自治州贞丰、册亨、望谟一带)。族人姓氏，称为鼠氏。如今贵州省黔西南布依族苗族自治州的彝族中仍有鼠族，多称鼠氏。云南傈僳族中亦有鼠氏族，分布在丽江市新华办事处的小箐村。

《风俗通》载有虎姓，即合浦太守虎旗。元代有虎秉，为河内知县；明代有大将虎大威，榆林人，曾为山西总兵；清代有虎坤元，四川人，为咸丰年间提督。元明时期有撒马儿罕人虎歹达；康里人虎秀思等。《元史·氏族表》言以忽为姓者，有些改为虎姓。明代西域人虎歹别儿任锦衣卫副千户，即以虎为姓；其孙有虎先、虎马镇、虎梦解、虎如声、虎承瑞等。云南昭通地区《虎姓家谱》载：“吾祖奉请来朝。唐王亲封虎威将军”；由此子孙永远姓虎。《回回姓氏考》说：“唯成都虎姓，音不读‘虎’而读‘猫（māo）’音。”其实，云南地区的虎姓也读猫音。

兔姓，在《古今图书集成》氏族典中列有兔姓部。姓氏学家荆鸿说，兔姓见于台湾，至今尚存。

蛇姓为齐国公族蛇丘氏之后，后代即以蛇为姓。“蛇”字古写作“它”，但读音仍是 shé。春秋时的楚平王有个孙子叫田公它成，子孙以名为姓，又读 tuó 音。南北朝后秦主姚苌，有个皇后姓蛇，南安（今甘肃陇西县）人，其兄名叫蛇越滂，任南安太守；侄子名叫蛇玄，当了建武将军。现在的傈僳族中也有蛇姓。

姓氏学家调查过，猴姓分布在今山西之太原、大同、临汾、晋城，甘肃之舟曲，河南之卢氏，山东之新泰，湖北之武昌，湖南之益阳、宜章，福建之清流，台湾之嘉义、台南、彰化等地，但来源不详。

鸡姓源于周官鸡人，后代因官为氏。明代有鸡鸣时，为陕西苑马寺监正。姓氏学家指出，今鸡姓见于上海、广东，佛山四大土著姓氏就是田、布、老、鸡姓。台湾鸡姓著名人物为鸡启贤，他的祖父鸡廷昌随国民党军迁到台湾，住在新竹市眷村，“9·21”地震后迁到桃园定居。他听长辈说，因祖先得罪朝廷，南迁隐姓避祸，见树下鸡群而引发灵感。

《万姓统谱》中收有狗姓。汉朝有狗未央；西晋有狗剑。现在山西长治、云南泸水仍有狗姓。五代时期河南有姓敬者，因为反对石敬瑭向契丹称儿皇帝而得罪，石敬瑭把他的族人赐姓“狗”。这一族人现经河南民政部门批准，已全部改回姓“敬”。过去台湾新竹有犬姓。

猪姓主要分布在福建、台湾等地。河南省内有个村庄，村人大部姓猪，俗称猪姓村。汉朝有姓豚的，名叫豚少公。

有些罕见的动物怪姓，虽然子孙愿意传承，但在现实生活中，许多场合经常受到别人的讪笑，甚至作为笑料远播四方。所以从前代起，这些姓氏的人往往取谐音方式，加以修改。如姓鼠改为姓贺，姓虎改为姓胡，姓蛇改为姓张，姓猴改为姓侯，姓鸡改为姓奚，姓狗改为姓苟，姓猪改为姓朱。只有极少数人坚守祖宗阵地，顶着被人嘲笑的压力，至今不变不动。这些族人，真值得人们崇敬和赞誉！

（何焱林核补）

古代十二生肖总咏

十二属 南朝·梁·沈炯

鼠迹生尘案，牛羊暮下来。虎啸坐空谷，兔月向窗开。龙隰①远青翠，蛇柳②近徘徊。马兰③方远摘，羊负④始春栽。猴栗⑤羞芳果，鸡跖⑥引青杯⑦。狗其怀屋外，猪蠡窅⑧悠哉。

注释

①龙隰（xí）：水草丰茂的湿地。《春秋公羊传·昭公元年》：“上平曰原，下平曰隰。”《管子·形势》“平原之隰”注：“下泽也。” ②蛇柳；意为柳枝如蛇般蜷屈盘曲。 ③马兰：多年生草本植物。叶互生，披针状椭圆形，上部边缘有粗锯齿。花蓝紫色，形似菊花。嫩草可食，又可做猪饲料；也称马兰头、鸡儿肠。 ④羊负：即羊负来，苍耳的别名。本名胡枲，《艺文类聚》称：“洛中有人驱羊入蜀，胡枲子多刺，粘缀羊毛，遂至中国（中原）。故名羊负来。” ⑤猴栗：又名茅栗、柯栗；栗子的一种。唐段成式《酉阳杂俎续集·支植下》：“李卫公（靖）一夕甘子园会客，盘中有猴栗，无味。”因其无味，故诗中说“羞芳果”。 ⑥鸡跖：一作“鸡蹠”，即鸡脚爪。语出《吕氏春秋·用众》：“善学者若齐王之食鸡也，必食其跖数千而后足。”高诱注：“跖，

鸡足踵。” ⑦青杯：也就是酒杯。古人常青绿并称，如青草又称绿草。古时酒上常浮起绿色泡沫，称为“绿蚁”。 ⑧猪蠡（lí）：或即今人常称的猪猡。《唐韵古音》蠡：“落戈切，音骡。”故可借为猡。窅（yǎo）：深远貌。此处带有懞懞自乐之意。

解说

沈炯（503～561），字初明，一作礼明，南朝梁武康（今浙江德清县）人。少有俊才，仕梁为尚书左户侍郎，出为吴令。后为侯景将宋子仙掌书记，复转事王僧辩，凡羽檄军书，皆出其手。侯景平后，梁元帝封之为原卿县侯；官至从事中郎，给事黄门侍郎，领尚书左丞。荆州陷落时为西魏所虏，魏授为仪同三司。绍泰二年（556）南还，历任司农卿、御史中丞。陈武帝时，为通直散骑常侍、中丞如故。陈文帝即位，任明威将军，后还乡里。沈炯有《独酌谣》诗，颇能见其诗风：“独酌谣，独酌独长谣。智者不我顾，愚夫余未要。不愚复不智，谁当余见招？所以成独酌，一酌一倾瓢。生涯本漫漫，神理暂超超。再酌矜许史；三酌傲松乔；频烦四五酌，不觉凌丹霄。倏尔厌五鼎，俄然贱九韶。彭殇无异葬，夷跖可同朝。龙蠖非不屈，鹏鷃但逍遥。寄语号呶侣，无乃太尘嚣。”他有一套游戏诗歌，如《建除诗》《六府诗》《八音诗》《六甲诗》等，这里的《十二属》是其中之一。

这首以乐府体综述十二生肖的诗，一半实写各种动物特征、行迹；一半因其名而状他物，或描自然景物，或述实体之形，如尘案鼠迹，牛羊暮归，虎啸空谷，月向窗开，诗意悠长，读之如见。

呑啗煞歌 唐·张九龄

猪犬羊逢虎必伤，猴蛇相会树头亡。鸡逢犬子遭徒配，兔赶蛇身走远乡。鼠见犬来当恶死，马牛逢虎定相伤。兔猴逢犬难回避，龙来未上水中央。凡人若值凶时日，三合为灾仔细详。

解说

张九龄（678～740），一名博物，字子寿，韶州曲江（今属广东省韶关市）

人。七岁即能属文，中进士后调校书郎、左拾遗，进中书舍人，出为冀州刺史。因母老不肯离开乡里，上表换为洪州都督，徙桂州兼岭南按察选补使。此后张说荐为集贤院学士，拜中书侍郎，同平章事，迁中书令。为李林甫所嫉恨，贬荆州长史，请归还故里。卒谥文献。他的作品生动清新，如《湖口望庐山瀑布水》：“万丈红泉落，迢迢半紫氛。奔流下杂树，洒落出重云。日照虹霓似，天清风雨闻。灵山多秀色，空水共氤氲。”

此歌见于张九龄《曲江集》卷一〇，带有歌诀性质，与其他文学作品不类，似是抄录社会上所传命诀，或略加修改；但其中生肖比较齐全。

按，“吞啗（dàn）煞”乃四柱命理术中的术语，这一命理术语，后见于唐代殿中侍御史李虚中（761～813）整编的《命书》（署名鬼谷子撰、虚中注）中；北宋人徐居易（字子平）又在李虚中的三柱法（以年、月、日的干支来推算）基础上，延伸为四柱法（以年、月、日、时的干支推算），习称“生辰八字”，按生克制化关系来预测人生命运。其说以依生辰八字里日的地支为主，看与月和时的地支相见者是否有冲突：如亥、戌、未见寅；申见巳，酉见戌，卯见巳，子见戌，午、丑见寅，卯、申见戌，辰见未，则称犯了吞啗煞，可能出现骨肉相残的凶事。

此歌文字直白，全以生肖代替地支，其中命理详见《三命通会》，没有更多的内涵。类似的歌诀，命理书中还有不少，如《大煞歌》：“大煞子人先是猴，丑鸡寅犬问来由，卯蛇辰午巳逢未，午虎未兔申龙头。酉猪戌鼠难回避，循环亥上却逢牛。”而《紫微斗数》里的《大耗诀》则为：“鼠忌羊头上，牛嗔马不耕，虎憎鸡喙短，兔怨猴不平，龙嫌猪面黑，蛇惊犬吠声，有人犯此煞，财食散伶仃。”以生年地支为主，假如子年生人，见未则为“大耗”，如此等等。只是这些命理歌诀，仅有技术性而无艺术性，与此歌相比，文字相当粗俗，不登大雅之堂。

拟乐府十二辰歌　宋·晁补之

鼷鼠食牛牛不知，牛不愿骍而愿犁[①]。虎噫来风皮见藉，兔狡宅月肩遭胹[②]。欲兆幽烽二龙死[③]，独微晋泽一蛇悲[④]。失马吉凶方聚门[⑤]，亡羊臧谷未宣分⑥。沐猴冠带去始惬，木鸡风雨漠何闻⑦。不须皎皎吠蜀狗，阮子与猪同酒樽⑧。

注释

①鼷（xī）鼠：一种小型鼠类，亦称耳鼠；一说即小家鼠。《春秋·成公七年》："春，鼷鼠食郊牛角。改卜牛，鼷鼠又食其角。"骍（xīng）：赤色的牲口。骍牲为祭祀所用牺牲祭品，故牛不愿做牺牲，而愿意耕田。 ②宅月：旧说月宫中有兔。胹（ér）：烹煮过熟。 ③幽烽：周幽王宠褒姒，为博其一笑，以烽火戏诸侯。 二龙：褒姒诞生的神话。《国语·郑语》说褒人之神"化为二龙，以同于王庭"；留下龙漦，后来收藏起来。厉王好奇打开观看，龙漦流于王庭，无法清除，就让宫女裸体喧哗，迫使龙精化为玄鼋，其中一人不夫而育，生下女婴，便是褒姒。 ④一蛇：春秋时介子推诗句。晋献公宠幸骊姬，太子申生被陷害致死，重耳避难奔狄，介子推与其他四人，追随重耳在外逃亡 19 年。《吕氏春秋》说重耳返国即位后，介子推不肯受赏，赋诗明志："有龙于飞，周遍天下。五蛇从之，为之丞辅。龙反其乡，得其处所；四蛇从之，得其露雨；一蛇羞之，桥死于中野。" ⑤失马：即塞翁失马的寓言。《淮南子·人间训》："近塞之人有善术者，马无故亡而入胡。人皆吊之，其父曰：'此何遽不为福乎?'居数月，其马将胡骏马而归。人皆贺之，其父曰：'此何遽不能为祸乎?'家富良马，其子好骑，堕而折其髀。人皆吊之，其父曰：'此何遽不为福乎?'居一年，胡人大入塞，丁壮者引弦而战。近塞之人，死者十九。此独以跛之故，父子相保。" ⑥臧谷：战国时常见的两个人名。《庄子·骈拇》："臧与谷二人相与牧羊，而俱亡其羊。问臧奚事，则挟策读书；问谷奚事，则博塞以游。二人者，事业不同，其于亡羊均也。" ⑦沐猴：猕猴，出罽宾国。《史记·项羽本纪》："人言楚人沐猴而冠耳。"比喻猴子穿衣戴帽，毕竟不是真人。木鸡：比喻呆笨发愣之态。《庄子·达生》"纪渻子为王养斗鸡，十日而问曰：'鸡已乎?'曰：'未也，方虚憍而恃气。'……十日又问，曰：'几矣，鸡虽有鸣者，已无变矣。望之似木鸡矣，其德全矣；异鸡无敢应者，反走矣。'" ⑧蜀狗：指蜀犬吠日事。唐柳宗元《答韦中立论师道书》："庸、蜀之南，恒雨少日，日出则犬吠。" 阮子：指晋代阮咸，他

嗜酒如命，放诞不拘礼法。《晋书·阮咸传》："诸阮皆饮酒，咸至，宗人间共集，不复用杯觞斟酌，以大盆盛酒，圆坐相向，大酌更饮。时有群豕来饮其酒，咸直接去其上，便共饮之。"

解说

晁补之（1053～1110），字无咎，号归来子。济州巨野（今属山东）人。与黄庭坚、秦观、张耒并称苏门四学士。元丰二年（1079）进士，元祐初任太学正、著作佐郎，后以秘阁校理通判扬州。绍圣元年（1094），知齐州；因修《神宗实录》失实，贬亳州通判；元符二年（1099）又贬信州酒税。此时曾写《迷神引·贬玉溪，对江山作》：

黯黯青山红日暮，浩浩大江东注。余霞散绮，向烟波路。使人愁，长安远，在何处。几点渔灯小，迷近坞。一片客船低，傍前浦。　暗想平生，自悔儒冠误。觉阮途穷，归心阻。断魂素月，一千里，伤平楚。怪竹枝歌，声声怨，为谁苦。猿鸟一时啼，惊岛屿。烛暗不成眠，听津鼓。

这首古风，以属相中动物不同的命运，说明世间万物吉凶、忧乐充满变数，处世应顺其自然，随遇而安。通篇押平声韵，每句以一生肖动物的典故为词，前后衔接，次序不乱，语言生动风趣，各句似联非联，似断非断，不显堆砌的痕迹，是其妙处。

少稷赋十二相属诗戏赠　宋·刘子翚

不用为鼠何数奇，饭牛南山聊自怡①。探穴取虎有奇祸，守株伺兔非全痴②。文成雕龙盈卷轴，画蛇失杯坐添足③。走马章台忆旧游，岁月才惊羊胛熟④。六窗要自息猕猴，黄鸡无应心日休⑤。白衣苍狗变化易，世事何殊牧猪戏⑥。

注释

①数奇：算命结果不好。西汉李广年老、数奇，因此得不到重用。东方朔说过"用之则为虎，不用则为鼠"。　饭牛：即喂牛。此处用春秋时宁戚饭牛

的典故。《吕氏春秋·举难》："宁戚欲干齐桓公，穷困无以自进，于是为商旅将任车以至齐，暮宿于郭门之外。桓公郊迎客，夜开门辟任车，爝火甚盛，从者甚众。宁戚饭牛居车下，望桓公而悲，击牛角疾歌。"他的歌词有"南山矸，白石烂，生不遭尧与舜禅"之语。②守株：树根为株；典出《韩非子·五蠹》上的寓言：宋国有个农民，见一只兔子偶然撞到树桩上死了，便在树根旁守着，希望再有兔子在这里撞死。至今留下成语"守株待兔"。③画蛇：为"画蛇添足"的典故，语出《战国策·齐二》："楚有祠者，赐其舍人卮酒。舍人相谓曰：'数人饮之不足，一人饮之有余。请画地为蛇，先成者饮酒。'一人蛇先成，引酒且饮之，乃左手持卮，右手画蛇曰：'吾能为之足。'未成，一人之蛇成，夺其卮曰：'蛇固无足，子安能为之足？'遂饮其酒。为蛇足者，终亡其酒。"④章台：原为春秋时楚国离宫、战国时秦宫中台名。汉时长安城有章台街，是歌妓聚居之地，骑马的贵客常去游冶。羊胛熟：形容时间短促。语出《新唐书·回鹘传》：骨利干"北度海，则昼长夜短。日入烹羊胛熟，东方已明"。⑤六窗：即佛家所说眼、耳、鼻、舌、身、意"六根"，好比六扇窗户；而思想意识好像跳动不定的猕猴，所谓"心猿意马"。黄鸡：报晓的雄鸡。唐白居易《醉歌示妓人商玲珑》诗中有"黄鸡催晓"之句，寄托时光易逝的感慨。⑥白衣苍狗：比喻事物变化不定。唐杜甫《可叹》诗："天上浮云似白衣，斯须改变如苍狗。"牧猪戏：即"牧猪奴戏"，表示对牧猪童儿所作游戏的鄙视。《晋书·陶侃传》："樗蒲者，牧猪奴戏耳。"

解说

刘子翚（hu ī）(1101～1147)，字彦冲，一作彦仲，号屏山，建州崇安(今属福建)人。曾任兴化军通判，因体弱多病而辞职。筑室故乡屏山下潭溪边，讲学论道以终，自号"病翁"。他是宋代著名理学家，为朱熹之师。其诗颇有情趣，如《寄蜀》："有客传归信，愁怀得暂宽。儿童占鹊喜，邻里借书看。离蜀秋方半，浮湘岁欲阑。柴门频洒扫，梦想见征鞍。"此处十二属诗见于作者《屏山集》卷一三，但《全宋诗》收录此诗时作者署为"赵端行"，文字亦略异，其第四句"盈卷轴"作"成卷轴"；第九句以下作"羊窗要不自猕猴，异□无应心日休；白云苍狗变化见，世事何如牧猪戏"；疑抄自方志，故错字甚多，恐作者亦有淆误。南宋温州乐清人赵希迈字端行，号西里；似无以字行世之事。

题中“少稷”，即南宋尹穑。尹穑字少稷，兖州（今属山东）人，侨居玉山。绍兴三十二年（1162），与陆游同为枢密院编修官，同赐进士出身。孝宗隆兴元年（1163），除监察御史，寻除右正言。二年，除殿中侍御史。历迁谏议大夫，后因与金人议和失败而罢官。尹穑原诗，今已不存。

这首古风是赠友人生肖诗之作，每句依次叙述一个生肖动物，基本都隐含典故或前人成句，这种风气已成当时习惯。此诗虽属文字游戏，但有其主题，意在抒发年华虚度、不能遂志的牢骚。开头两句说自己遭际平平，倒也知足常乐；以下四句说一生没有冒险，也没有保守，以文自娱，甘于画蛇添足；再下两句表明自己也曾经风流过，但如今年华已逝，时不再来；末尾四句则多看破红尘之语。全诗结构严密，显示功力不凡。

再和六四叔所赋十二相属诗　宋·刘子翚

饥鼠缘条殊果堕，舍如蜗牛足高卧。无心虎殿逐群英，尚想兔园倾一座①。同年我又衰龙钟，夔蛇相怜宁有穷②。马革战场空白骨，羊裘钓濑余清风③。棘端造猴巧难学④，且赴茅檐鸡黍约。云深杞狗夜可寻，已办猪靴走硗确⑤。

注释

①兔园：西汉梁孝王刘武所建园囿，一称梁园，为延请文人宾客之所。 ②夔蛇：两种动物。夔（kuí）为神话中的兽，状似牛而一足。《庄子·秋水》有“夔怜蚿，蚿怜蛇，蛇怜风，风怜目，目怜心”之语。 ③羊裘钓濑：东汉高士严光的典故，濑是浅而急的水流，披着羊裘在垂钓。《后汉书·严光传》：“齐国上言：有一男子披羊裘，钓泽中。帝疑其光。” ④棘端造猴：一种微雕技术，喻难以成就之事。《韩非子·外储说左上》：“宋人有请为燕王以棘刺之端为母猴者，必三月斋，然后能观之。” ⑤杞狗：谓枸杞所化之犬。旧传千年枸杞，其形若犬，《罗浮山灵异事迹记》：“麻姑坛有枸杞树，时有赤犬见于树下，或晴朗时闻犬吠声。” 硗确（qiāo què）：土地坚硬瘠薄。

解说

这首古风是再次和“六四叔”生肖诗之作，既称为叔，则当姓刘，显非前首“少稷”的平辈。初次和诗及被和原作今已不存。

此诗仍为古风，但分三段，每四句换一次韵，首尾仄韵，中间平韵，错落有致。虽句句都严格按生肖次序，点出动物之名，但引用典故比较灵活，或以前人成句为说，前四句说自己条件虽差，但却安贫乐道；中四句说自身已老，不能再争名利，还是做个高士为佳；后四句归结于隐居生活，别有山林滋味。全诗与前一首含意相同，皆有申述自身怀抱之意，一气呵成，顺畅自然。

赠友人莫之用 宋·葛立方

抱犬高眠已云足，更得牛衣有余燠①。起来败絮拥悬鹑，谁羡龙髯织冰縠②。踏翻菜园底用羊③，从他春雷吼枯肠。击钟烹鼎莫渠爱，小芼自许猴葵香④。半世饥寒孔移带，鼠米占来身渐泰⑤。吉云神马日匜三，樗蒲肯作猪奴态⑥。虎头食肉何足夸⑦，阴德由来报宜奢。丹灶功成无跃兔，玉函方祠缘青蛇⑧。

注释

①牛衣：给牛御寒的草物，喻读书人境况困苦凄凉。 燠（yù）：暖热。 ②悬鹑：鹌鹑羽毛素陋，似穿旧衣，因以喻衣服破烂。 縠（hú）：有皱纹的丝织物。 ③踏翻菜园：古代笑话。隋侯白《启颜录》：“有人常食菜蔬，忽食羊，梦五藏神曰：羊踏破菜园。” 底：问语，相当于“怎么”。 ④莫渠：未见得。 芼（máo）：可供食用的水草或野菜。 猴葵：海草名，即鹿角菜。 ⑤孔移带：形容身体消瘦，腰围减小。《南史·沈约传》：“言已老病百日，数句革带常应移孔。” 鼠米：中药名，即鼠李科植物铁包金的根，又名老鼠草、老鼠耳、老鼠乌、鼠乳头，可化瘀血，祛风湿，消肿毒。 ⑥吉云神马：传说中的良马。《汉武故事》：“（东方）朔又尝东游吉云之地，得神马一匹，高九尺。帝问朔何兽，曰：王母乘云光辇，以适东王公之舍，税此马于芝

田。东王公怒，弃此马于清津天岸。臣至王公坛，因骑而返，绕日三匝，此马入汉关，关门犹未掩，臣于马上睡，不觉还至。” 樗蒱（chū pú）：古代的一种游戏，相当于今之掷骰子。 猪奴：牧猪人。 ⑦虎头食肉：形容威猛的相貌。《东观汉记·班超传》：“超问其状。相者曰：生燕颔虎头，飞而食肉？” ⑧丹灶：道家炼丹的器具。《乐府歌诗》“采取神药山之端，白兔捣成虾蟆丸。” 玉函：玉制的盒。 方祠：古代方渠县的神祠。《太平御览》卷九三三引《唐书》：“李朝晟为邠州刺史，城方渠无水，师徒嚣然。遽有青蛇乘高而下，视其迹，水随而流。朝晟令筑防环之，遂为停泉，军人仰饮以足。图其事上闻，诏致祠焉。” 青蛇：传说中能致雨的神蛇。

解说

作者葛立方（？~1164），字常之，号懒真子，丹阳（今属江苏）人，后定居湖州吴兴（今浙江湖州）。绍兴八年（1138）进士，为秘书省正字，除考功员外郎。以忤秦桧得罪；桧死召用，二十六年（1156）以左司郎中充贺金国生辰使。后任吏部侍郎，又出知袁州。为南宋诗论家、词人。此诗后四句与《全宋诗》所收黄庭坚诗残句雷同：“虎头食肉何足说，阴德由来报宜奢。丹龟功成无躲兔，玉函方秘缘青蛇。”这首古风是作者赠友之作，誉其家贫节清，并非专咏生肖动物；因此未按生肖次序，只是将那些动物尽量点到而已。全诗分为四段，每段四句，仄韵与平韵交替。前两段描写寒士生活贫困而保其洁，穿插犬、牛、鹑（以取代鸡）、龙、羊、猴；后两段则转述君子固穷而安贫乐道，穿插鼠、马、猪、虎、兔、蛇；其章法饶有风趣。

读十二辰诗卷掇其余作此聊奉一笑 宋·朱熹

夜闻空箪啮饥鼠[①]，晓驾羸牛耕废圃[②]。时方虎圈听豪夸，旧业兔园嗟莽鲁[③]。君看蛰龙卧三冬，头角不与蛇争雄。毁车杀马罢驰逐，烹羊沽酒聊从容。手种猴桃垂架绿[④]，养得鹍鸡鸣喔喔[⑤]。客来犬吠催煮茶，不用东家买猪肉。

注释

①箪（dān）：古代盛饭的圆形竹器。 啮（niè）饥鼠：为倒装句，即为饥鼠所啮咬。 ②羸（léi）：瘦弱。 ③兔园：本为汉代园名，又称梁园，在今河南商丘县东；为西汉梁孝王刘武所筑，作为游赏与延宾之所。此处实是“兔园册”的简称，兔园册是唐五代时的启蒙课本，常被士大夫泛指为浅陋书籍。《新五代史·刘岳传》言冯道“行数反顾，楚问岳：‘道反顾何为？’岳曰：‘遗下《兔园册》尔。’《兔园册》者，乡校俚儒教田夫牧子之所诵也。”这里是作者的自谦之语。 ④猴桃：即猕猴桃，维生素C含量颇高。 ⑤鹍（kūn）鸡：古代为像鹤的一种鸟名，或云水鸟；此处实指一种大鸡。明代李时珍《本草纲目·禽·鸡》说蜀中称为鶤鸡，楚中称为伧鸡：“皆高三四尺。”

解说

朱熹（1130～1200），字元晦，一字仲晦，号晦庵、晦翁、考亭、云谷老人、沧洲病叟、逆翁。徽州府婺源县（今属江西）人。曾任荆湖南路安抚使，仕至宝文阁待制。他是南宋著名理学家，闽派代表人物，世称朱子。朱熹承周敦颐、二程之学，兼采释、道各家思想，形成理学体系。他认为理比气更根本，逻辑上理先于气；同时，气有变化的能动性，理又不能离开气。万物各有其理，而万物之理终归于太极。他的诗词作品往往带有哲学色彩，《观书有感二首》可作代表：“半亩方塘一鉴开，天光云影共徘徊。问渠哪得清如许？为有源头活水来。”“昨夜江头春水生，艨艟巨舰一毛轻。向来枉费推移力，此日中流自在行。”

这首七言古风诗，虽题为续作“十二辰”，而主要内容是叙述日常生活，全诗严格按十二生肖次序，各句穿插着生肖动物，却不显得生拼硬凑，语气平顺、生动，颇具趣味性。全诗分三段，首尾仄韵，中间平韵，互相交替。就文义而言，结构上有新奇的变化，首尾两段主述农家平淡宁静的生活，而中间一段则插入哲学感悟，手法十分奇特。

远斋作十二辰歌见赠且属同作　宋·赵蕃

虫臂鼠肝能几许①，何如径驾牛车去。虎头未必果痴绝，死穴旧来输狡兔。先生端是人中龙，为蛇画足吾何功②。士穷有愧食谷马，况乃烂羊关内封③。春风开花到猴李，白酒黄鸡思下里④。赋因狗监笑相如，猪肝不食宁为说⑤。

注释

①虫臂鼠肝：喻微细而无价值的东西。《庄子·大宗师》："以汝为鼠肝乎？以汝为虫臂乎？"　虎头：晋代著名画家顾恺之字。杜甫《题玄武禅师屋壁》诗有："何年顾虎头，满壁画瀛洲。"　②画足：即画蛇添足故事。《战国策·齐策二》："楚有祠者，赐其舍人卮酒。舍人相谓曰：'数人饮之不足，一人饮之有余。请画地为蛇，先成者饮酒。'一人蛇先成，引酒且饮之，乃左手持卮，右手画蛇曰：'吾能为之足。'未成，一人之蛇成，夺其卮曰：'蛇固无足，子安能为之足？'遂饮其酒。为蛇足者，终亡其酒。"　③食谷马：用粮食喂马，比喻位子没有摆正。《汉书·循吏传》黄霸"节用殖财，种树畜养，去食谷马"。　烂羊：讽刺朝廷滥授官爵。《后汉书·刘玄传》："灶下养，中郎将；烂羊胃，骑都尉；烂羊头，关内侯。"　④猴李：名贵水果名。《西京杂记》："汉武初，上林苑，群臣、远方各献名果"，其中即有猴李。　白酒黄鸡：喻生活舒心。李白《南陵别儿童入京》："白酒新熟山中归，黄鸡啄黍秋正肥。呼童烹鸡酌白酒，儿女嬉笑牵人衣。"　下里：谓人死归葬之所。《汉书·韩延寿传》颜师古注引孟康曰："死者归蒿里，葬地下，故曰下里。"　⑤狗监：汉代内官名，主管皇帝的猎犬。《史记·司马相如列传》："蜀人杨得意为狗监，侍上。上读《子虚赋》而善之曰：'朕独不得与此人同时哉！'得意曰：'臣邑人司马相如自言为此赋。'"　猪肝：喻贫儒食物。《世说补》言闵仲叔家贫，不能买肉，日食猪肝一片；屠者或不肯多与。

解说

赵蕃（1143～1229），字昌父，号章泉，原籍郑州人，后徙信州之玉山。曾为太和主簿，受知于杨万里；官终直秘阁。始受学刘清之，年五十，犹问学于朱熹。其诗有《晨起》："人语村村好，鸡声处处闻。树犹埋宿雨，山未释停云。俯仰夏已度，屈伸秋又分。平生灯火念，牢落叹离群。"

这首古风是对其友远斋"十二辰"诗唱和之作，原诗无存。本诗与前诗结构相同，分为三段，首尾仄韵，中间平韵，互相交替。按生肖次序一句一见，全用典故铺叙，仍以描述文人生活和思想为中心而展开，首段以客观语言，开拓出高士的胸襟；后两段则赞美友人的清高，甘居落寞。前后衔接颇为自然，可称佳作。

十二辰 宋·许月卿

饥鼠檐行骄捷疾，蜗牛角立争奇崛[1]。似闻猛虎今陆游，从以卧兔未飘忽。先生龙卧未风云，春蚓秋蛇供醉笔[2]。萧萧马鸣旆悠悠[3]，牧民如羊良率易。人言唐土愧二猴，汉使碧鸡真浪出[4]。屠狗师还戒勿用，驱猪试向问王弼[5]。

注释

①蜗牛角：蜗牛两只触角，喻其细小。《庄子·则阳》："有国于蜗之左角者，曰触氏；有国于蜗之右角者，曰蛮氏。时相与争地而战，伏尸数万，逐北，旬有五日而后反。" ②春蚓秋蛇：比喻书法不佳，像春天蚯蚓和秋蛇那样的弯曲。《晋书·王羲之传》："行行若萦春蚓，字字如绾秋蛇。" ③萧萧马鸣：形容马嘶之声。《诗经·小雅·车攻》："萧萧马鸣，悠悠旆旌。徒御不惊，大庖不盈。" 旆（pèi）：古代旗末端状如燕尾的垂旒。 ④二猴：体现至爱的猴子。《太平御览》引周景式《孝子传》："猴母负子没水。水虽深而清，乃以戟刺之，自胁以下中断，脊尚连。抄着船中，子随其旁，以手扪子而死。"碧鸡：传说中的神物。《汉书·郊祀志》："或言益州有金马、碧鸡之神，

可醮祭而致，于是遣谏大夫王褒使持节而求之。”　浪：徒然之意。　⑤王弼：魏晋玄学家，著有《周易注》《老子注》。他在注《周易》“豮豕之牙，吉”时说：“豕牙横猾刚暴，难制之物。”“豮，其牙柔，能制健禁暴抑盛。”

解说

许月卿（1216～1285），字太空，后更字宋士，小名千里驹，字驹父，徽州婺源（今属江西）人。初入江淮幕中，以军功补校尉。理宗时廷对赐进士及第，授司户参军。因率三学讼权相，理宗目为狂士，改江西提举。其诗有《起来》：“起来霜月冷飕飕，清兴催人不自由。万户千门胡蝶梦，五更三点黑貂裘。旦公待旦霜如雪，时夜如诗月似钩。明日人来问寄字，一天霜月倚西楼。”

这首古风一韵到底，押入声韵，音调悲楚；主题思想仍与前诗相同，乃赞美友人之安贫乐道。诗中仍以穿插十二种动物，按生肖次序，每句点出相应动物的典故，构成一篇，借以抒发文人内心情感及其观点。

和子野见寄十二辰体　元·仇远

良工鼠须笔，戢戢囊颖露①。抄诗节经史，汗牛车载路②。信知文中虎，一代人不数。细声笑蚯蝇，妙趣忘鱼兔。东野龙无云，胡为乎泥中③？蟠屈如睡蛇，虚此云梦胸④。且骑款段马⑤，野服随田翁。相羊山泽间⑥，直乐樵牧同。开林斩猴杙⑦，种花续春意。他年处鸡窠，偃蹇增老气⑧。锦鲸卷不宜，貂狗续亦易⑨。老砚磨猪肝⑩，翰墨作游戏。

注释

①戢戢：密集之状。　囊颖：袋中的毛笔。　②汗牛：形容文献之多，以致拉运输车辆的牛累得出汗。　③东野：指唐代诗人孟郊（751~814），字东野，湖州武康（今浙江德清）人，是韩愈的好友。韩愈《醉留东野》诗：“我愿身为云，东野变为龙。四方上下逐东野，虽有离别无由逢。”仇远诗“龙无云”意为缺少挚友。胡为乎泥中：句出《诗经·式微》：“式微，式微，胡不

归？微君之躬，胡为乎泥中？”意思是为何呆在泥水中呢。《世说新语·文学》载：“郑玄家奴婢皆读书。尝使一婢，不称旨，将挞之。方自陈说，玄怒，使人曳着泥中。须臾，复有一婢来，问曰：‘胡为乎泥中？’” ④云梦胸：指类似楚襄王梦见神女的想法。宋玉《神女赋》：“楚襄王与宋玉游于云梦之浦，使玉赋高唐之事。” ⑤款段：马行迟缓之状。以骑马缓行形容普通的生活。《后汉书·马援传》马援“从容谓官属曰：吾从弟少游常哀吾慷慨多大志，曰‘士生一世，但取衣食裁足，乘下泽车，御款段马，为郡椽史，守坟墓，乡里称善人，斯可矣。致求盈余，但自苦耳。’” ⑥相羊：徘徊；盘桓。《楚辞·离骚》：“折若木以拂日兮，聊逍遥以相羊。” ⑦杙（yì）：小木桩，假借为“弋”。《庄子·人间世》：“宋有荆氏者，宜楸柏桑。其拱把而上者，求狙猴杙斩之；三围四围，求高名之丽者斩之；七围八围，贵人富商之家求樿（shàn）傍者斩之。” ⑧偃蹇（yǎn jiǎn）：困顿、窘迫之状。 ⑨锦鲸：喻多才多艺之人。语出杜甫《太子张舍人遗织成褥段》：“客从西北来，遗我翠织成。开缄风涛涌，中有掉尾鲸。”“锦鲸卷还客，始觉心和平。” 貂狗：貂皮不够用，以狗尾顶替，今有成语“狗尾续貂”，意为滥竽充数。《晋书·赵王伦传》“奴卒厮役亦加以爵位。每朝会，貂蝉盈坐。时人为之谚曰：‘貂不足，狗尾续。’” ⑩老砚：指材质细腻纯净的老坑端砚，色如猪肝，谚云：“端砚难得猪肝冻。”

解说

仇远(1247 ~ 1326)，字仁近，一字仁父，自号山村、山村民，钱塘(今浙江杭州)人。元代文学家、书法家。元大德年间(1297~1307)任溧阳儒学教授，不久罢归。其诗颇有佳句，如“姓名不入六臣传，容貌堪传九老碑”；“八品一官俱独冷，两州千里隔三秋”；“一贫已幸官将满，百计无如归最长”，皆有意味。所作《春风谣》：“春风吹柳枝，柳枝拂短墙。春风吹桃叶，桃叶浮烟江。春风薄情不可当，鸣鸠乳燕相颉颃。春日长，春夜短，雪花扑帐春不暖。”自有深意。他还有《黑兔》诗：“何年偷舐玄霜鼎，变却蟾宫玉雪姿。毛颖未封先试墨，褐衣乍著便披缁。移来晹谷乌相对，跃入阴山鬼不知。踪迹分明予甚爱，正当秋晓月明时。”应是专咏生肖之一。

这首五言古风，是和其友子野生肖诗之作，子野原诗不存。本诗每八句为一段，共三段，每段一韵；首尾仄韵，中段平韵。全诗巧妙地将生肖动物名称，按次序加以串联，描述文人风格和胸襟，似述非述，似论非论，又像说别人，又像说自己，浑沦圆融，形断意连，而意在言外，可称佳构。

续十二辰诗 元·刘因

饥鹰吓鼠惊不起，牛背高眠有如此。江山虎踞千里来，才辨荆州兔穴尔①。鱼龙入水浩无涯，幻境等是杯中蛇②。马耳秋风去无迹，羊肠蜀道早还家。何必高门沐猴舞③，豚栅鸡栖皆乐土。柴门狗吠报邻翁，约买神猪谢春雨。

注释

①兔穴：古人以为兔有多处藏身之穴。冯煖对孟尝君说过：“闻狡兔有三穴。” ②杯中蛇：误把映入酒杯中的弓影当做蛇，比喻疑神疑鬼。《晋书·乐广传》：乐广“尝有亲客，久阔不复来。广问其故，答曰：‘前在坐，蒙赐酒，方欲饮，见杯中有蛇，意甚恶之，既饮而疾。’于时河南厅事壁上有角弓，漆画作蛇。广意杯中蛇即角影也。复置酒于前处，谓客曰：‘酒中复有所见不？’答曰：‘所见如初。’广乃告其所以。客豁然意解，沉疴顿愈。” ③沐猴：猕猴。

解说

刘因(1249～1293)，字梦吉，号静修；初名骃，字梦骥。雄州容城(今属河北）人。为元代理学家。他才华出众，性不苟合。元世祖至元十九年(1282)应召入朝，为承德郎、右赞善大夫；后即官教读。死后追封容城郡公，谥文靖。他的诗作清新自然，如《山家》：“马蹄踏水乱明霞，醉袖迎风受落花。怪见溪童出门望，鹊声先我到山家。”

这首七言古风分为三段，每段四句一韵，首尾两段仄韵，中段平韵。诗题所谓“续”，应是当时有这种作品存在，故追随而作。诗中每句穿插一个生肖动物，篇中并多引典故，虚实结合。但全诗并无鲜明主题，主要反映作者崇尚自然的生活态度。

续十二辰诗 明·胡俨

鼷鼠饮河河不干，牛女长年相见难①。赤手南山缚猛虎，月中取兔天漫漫。骊龙有珠常不睡，画蛇添足适为累。老马何曾有角生？羝羊触藩徒忿懥②。莫笑楚人冠沐猴，祝鸡空自老林丘③。舞阳屠狗沛中市，平津牧豕海东头④。

注释

①牛女：即天空中的牵牛星和织女星。 ②羝羊触藩：公羊的角触及篱笆，被卡住不能退出，为《周易·大壮》中语。忿懥（zhì）：愤怒的样子。 ③沐猴：猕猴。《史记·项羽本纪》"人言楚人沐猴而冠耳"。意为猴子穿衣戴帽，究竟不是真人，比喻虚有其表。 祝鸡：即祝鸡翁，仙传中人物。汉刘向《列仙传》："祝鸡翁者，洛人也。居尸乡北山下，养鸡百余年，鸡有千余头，皆立名字。暮栖树上，昼放散之，欲引，呼名，即依呼而至。卖鸡及子得千余万，辄置钱去。" ④屠狗：以杀狗为业，此指汉代樊哙。《史记·樊哙列传》言其"以屠狗为事"，后封舞阳侯。 平津牧豕：为汉代公孙弘事。《史记·平津侯主父列传》：公孙弘少时为狱吏，有罪被免，因家贫只得牧豕（放猪）海上，后位至丞相，其子公孙度嗣为平津侯。

解说

胡俨（1360～1443），字若思；江西南昌人。通晓天文、地理、律历，对天文学有较深造诣。洪武年间举人，任华亭教谕。永乐二年（1404）累拜国子监祭酒。其诗有《久雨喜晴明日立夏》："一月厌雨声，忽逢今日晴。春从花上去，风过竹间清。睡美新茶熟，身闲野服轻。近来多坦率，客至倦逢迎。"

这首古风分三段，每段四句一韵，首尾平韵，中间仄韵。为专咏生肖的游戏之作，所谓"续"，是仿效前人同类作品而为。本诗字里行间流露出顺应自然、莫强求而为的思想，但并无显著的中心题义。每句按生肖次序说一动物，皆用典故成语，讲说故实；而语言清顺、明晰，并不晦涩，是其特色。

述怀效生肖体 明·卞荣

槐叶初生如鼠目，蜗牛绿树荫新绿。冯轩高吟坐虎皮，一扫顿令千兔秃①。墨池之鱼曾化龙，三尺青蛇在袖中②。失马休嗟塞上翁，忘羊歧路迷西东③。沐猴而冠良足耻，五百斗鸡同梦死④。狗监明当荐上林，牧猪江揖商丘子⑤。

注释

①冯（píng）轩：即凭轩，依靠着栏杆。 兔秃：喻毛笔写久而笔尖朽秃。 ②青蛇：指宝剑。 ③失马：指“塞翁失马”典故，比喻因祸得福。《淮南子·人间训》：“近塞上之人，有善术者，马无故亡而入胡。人皆吊之，其父曰：‘此何遽不为福乎？’居数月，其马将胡骏马而归。人皆贺之，其父曰：‘此何遽不能为祸乎？’家富良马，其子好骑，堕而折其髀。人皆吊之，其父曰：‘此何遽不为福乎？’居一年，胡人大入塞，丁壮者引弦而战。近塞之人，死者十九。此独以跛之故，父子相保。” 忘羊歧路：忘，同“亡”，本义为逃跑。此指因岔路太多无法追寻而丢失了羊，比误入歧途。语出《列子·说符》：“大道以多歧亡羊，学者以多方丧生。” ④五百斗鸡：指唐玄宗养五百只用于赌斗的公鸡。 ⑤狗监：指汉武帝手下养狗的太监杨得意，曾向武帝说明《上林赋》是他同乡司马相如所作。 商丘子：《列仙传》中人物，曾经在泽中牧猪。晋孙绰《列仙·商丘子赞》有“所牧何物？殆非真猪”之句。

解说

卞荣（1426–1498），字华伯，常州府江阴（今属江苏）人，明代文学家。正统十年（1445)进士，历官户部主事、员外郎中。能诗善书，文思敏捷。

这首古风仍分三段，每段四句一韵，首尾仄韵，中间平韵。题为“述怀”，本为抒情作品，可是整个诗篇都将十二生肖巧妙串联起来，用那些生肖动物的典故成语构成诗句，表达内心的感受。开头两句写景，也将生肖纳入；下面四句是叙述作者境况；以下全是牢骚之语，但不直说，仍用生肖动物典故来表达，曲尽其妙。

才鬼记·十二辰诗 明·梅鼎祚

劝君莫读相鼠诗，劝君莫歌饭牛辞①。骑虎之势不能下，狡兔三窟将焉之。神龙未遇困浅水，虺蛇鳅鳝争雄雌。千金骏马买死骨，神羊触邪安所施②。沐猴也作供奉官，斗鸡亦是五百儿③。吠尧桀犬下阶走，牧猪奴戏令人嗤④。

注释

①相鼠诗：指《诗经·鄘风·相鼠》："相鼠有皮，人而无仪。" 饭牛辞：春秋时宁戚对齐桓公叩牛角而唱的歌。内容有"南山矸，白石烂，生不遭尧与舜禅。短布单衣适至骭，从昏饭牛薄夜半，长夜漫漫何时旦?" ②死骨：战国时郭隗对燕昭王说的典故。他要招揽贤才，郭隗喻以故事：某国君欲以千金求千里马，三年未得。有人以五百金买千里马的死骨回报，国君大怒。此人说：死马尚且值五百金，况生马乎？不久果然买得三匹千里马。见《战国策·燕策》。 神羊触邪：獬豸别称神羊，传说能以其独角顶撞邪佞之臣。《后汉书·舆服志下》"獬豸神羊，能别曲直"。 安所施：怎样施展。 ③斗鸡：古代观看雄鸡搏斗的游戏。唐陈鸿《东城老父传》："玄宗在藩邸时，乐民间清明节斗鸡戏。及即位，治鸡坊于两宫间。索长安雄鸡，金毫铁距，高冠昂尾千数，养于鸡坊。选六军小儿五百人，使驯扰教饲。" ④吠尧桀犬：指攻击正人君子的打手。《战国策·齐策》："跖之狗吠尧，非贵跖而贱尧也；狗固吠非其主也。" 牧猪奴戏：对赌博的鄙称。《晋书·陶侃传》："樗蒲者，牧猪奴戏耳!"

解说

梅鼎祚（1549～1615），字禹金，号胜乐道人，宁国府宣城（今属安徽）人。自幼笃志好学，饮食寝处均不废书。诗文名扬江南，并有杂剧之作，是明代戏剧家。此诗出自其所著《才鬼记》。一说明宪宗成化二十二年（1487），浙江嘉兴县巫者扶乩召仙，降笔书答时事，而成此诗。次年，宪宗驾崩。

这首古风以平声韵一韵到底；虽然题为咏十二生肖，而且也每句按顺序点出生肖动物，但主题却是讥刺时事。开头两句是正话反说，教你不要去触及当时政治上的黑暗、道德上的沦丧；下面接着说如今已是骑虎难下，连狡兔三窟也没有办法。以下则暗喻真正人才得不到任用，那些吹牛拍马之徒，却在春风得意。纵观古今生肖诗，如此严格依次纳入生肖动物的诗篇，还没有出现过这样主题鲜明的讽刺诗，可称独树一帜的杰作。

十二辰词　清·爱新觉罗·弘历

好良宵，正与女娘偕，佳人抽身去得快（子）。扭着他，却把那手推开（丑）。演出那百般态，珠泪儿点滴落窗台（寅）。柳腰斜依栏杆外，又将那木槿花儿抓下来（卯）。振精神，步香阶，即时不见那秀才（辰）；已还书斋（巳）。许订佳期，毁前言，又把相思害（午）。朱帘半卷莫聊奈，金钗懒向头上戴（未）。神前伐示，永合偕（申）。酒醉心狂，无点水来解（酉）。荷戈人小脚儿，欣然肯载（戌）。刻骨铭心，何尝又把刀儿带（亥）。

解说

此词为长短句，传为清乾隆帝爱新觉罗·弘历（1711~1799）所作。全部采取字谜方式，影射十二地支。如开头句第一字“好”，抽去“佳人”即“女”字，就是“子”；第三句首字“扭”，推开挑手旁，就是“丑”；第五句“演”字，落去泪水偏旁，就是“寅”；第七句“柳”字，抓下“木”旁，当然是“卯”；第九句“振”，不见了“才”旁，便成了“辰”；下句“已”字“还”过来封口，乃是“巳”。以下各句，如“许”毁了“言”，便成“午”；“朱”卷去半边，便成“未”；“神”伐去“示”（与“发誓”谐音），就成为“申”；“酒”字无点水，就成为“酉”；“戈”字加个“人”，象征“戌”；“刻”字不带“刀”旁，当然是“亥”。

这种游戏文词，用通俗的曲调来写，押韵合辙，看上去好像描写思春女子的阵阵情态，却又句句隐藏字谜，并且依照“十二辰”的次序，丝毫不乱，足见功力不凡。同时，全文射辰，但写得不着痕迹，可称曲尽其妙，而又俗不伤雅。

十二生肖题句 近代·黄濬

世情偃鼠已满腹，诗稿牛腰却成束[1]；平生不帝虎狼秦，晚守兔园真碌碌[2]。龙汉心知劫未终，贾生痛哭原蛇足[3]。梨园烟散舞马尽，独剩羊车人似玉[4]。子如猕猴传神通，画课鸡窗伴幽独[5]。板桥狗肉何可美？当羡东坡花猪肉[6]。

注释

①偃鼠满腹：出自《庄子·逍遥游》：“偃鼠饮河，不过满腹。” 牛腰成束：形容卷帙很多，像牛腰一样粗。宋周煇《清波杂志》卷十：“平生往返书尺，束如牛腰，散失殆尽。” ②兔园：指浅陋之学。古代启蒙读本称兔园册。 ③贾生痛哭：汉文帝时，贾谊曾上《治安策》，说“臣窃惟事势，可为痛哭者一，可为流涕者二，可为长太息者六。” 蛇足：多余之意，即成语“画蛇添足”。 ④舞马：盛唐乐舞节目之一。玄宗曾训练舞马四百蹄，每逢中秋节宴设酺会，便舞于勤政楼下。羊车：晋代卫玠少时颇有风姿，乘白羊车出来时，洛阳市人共观，都说：“这是谁家的玉人？” ⑤鸡窗：书房的代称。南朝宋刘义庆《幽明录》：“晋兖州刺史沛国宋处宗，尝买得一长鸣鸡，爱养甚至，恒笼着窗间。鸡遂作人语，与处宗谈论，极有言智，终日不辍。处宗因此言巧大进。” ⑥板桥狗肉：《艺苑余谈》载，清代书画家郑板桥嗜食狗肉。当时扬州有一盐商，慕板桥画，便在郑经常出入的修竹院附近，设狗肉食摊，终于诳得一幅名画。 花猪肉：指宋苏轼《闻子由瘦》诗：“五日一见花猪肉，十日一遇黄鸡粥。”花猪大约是一种杂毛猪。

解说

黄濬（约 1890 ~ 1937），字秋岳，号哲维，号壶舟，室名花随人圣庵；本籍台湾，台湾沦日后，籍贯改为福建侯官。十七岁时毕业于京师大学堂译学馆，授举人，七品京官。后留学日本早稻田大学。入民国后，任北京政府陆军部承政厅秘书科科员，交通部法规编纂员，交通部秘书，财政部佥事、秘书、参事。因得汪精卫等人赏识，1932 年 8 月，任南京国民政府行政院简任级机要秘书。因有留日渊源，曾与一些日本侵华分子交往，1936 年即与其子黄晟为日方提供军政情报以牟利。1937 年 8 月 26 日，黄濬父子以叛国罪被判处死刑，执行枪决。所著《花随人圣庵摭忆》一书，曾在《中央时事周报》杂志上连载，此书得到陈寅恪的赞赏，认为“秋岳虽坐汉奸罪死，不当以人废言”。

这首生肖诗，是民国初年画家王梦白为门生李漪绘图，延请黄濬所写题图之作。此诗借写生肖抒发早年之不得志，赞美、评介他人而聊以自慰，全诗以仄声韵一韵到底；句句以生肖为典，首段四句讲他自己，能作诗就心满意足；“不帝虎狼秦”一句，说明他没有当保皇党，多年仍碌碌无闻。中间四句讲当时时局；“龙汉”未终，是指中国不会亡国，像贾谊那样痛哭是多此一举；可是政治舞台上烟消云散，只剩下些于事无补的漂亮后生。末段四句转述画家，称王梦白是神通广大的猕猴，坚持艺术教学，不会像郑板桥那样受骗上当，但会向受冷遇的苏东坡靠拢。此诗虽串联生肖，但主题明确，层次分明，表现出作者驾驭诗艺的才能。

杂录

十二次、十二辰、二十八宿、黄道十二宫对照表※

十二次	十二辰	二十八宿	黄道十二宫
星纪	丑	斗、牛二宿	摩羯宫
玄枵	子	女、虚、危三宿	宝瓶宫
娵訾	亥	室、壁二宿	双鱼宫
降娄	戌	奎、娄二宿	白羊宫
大梁	酉	胃、昴、毕三宿	金牛宫
实沈	申	觜、参、毕、井四宿	双子宫
鹑首	未	井、鬼二宿	巨蟹宫
鹑火	午	柳、星、张三宿	狮子宫
鹑尾	巳	翼、轸二宿	室女宫
寿星	辰	轸、角、亢、氐四宿	天秤宫
大火	卯	氐、房、心三宿	天蝎宫
析木	寅	尾、箕二宿	人马宫

※十二星次与二十八宿之对照，并非一一对应或全覆盖，有的可能只对应其一部分。

六十花甲表

1 甲子	13 丙子	25 戊子	37 庚子	49 壬子
2 乙丑	14 丁丑	26 己丑	38 辛丑	50 癸丑
3 丙寅	15 戊寅	27 庚寅	39 壬寅	51 甲寅
4 丁卯	16 己卯	28 辛卯	40 癸卯	52 乙卯
5 戊辰	17 庚辰	29 壬辰	41 甲辰	53 丙辰
6 己巳	18 辛巳	30 癸巳	42 乙巳	54 丁巳
7 庚午	19 壬午	31 甲午	43 丙午	55 戊午
8 辛未	20 癸未	32 乙未	44 丁未	56 己未
9 壬申	21 甲申	33 丙申	45 戊申	57 庚申
10 癸酉	22 乙酉	34 丁酉	46 己酉	58 辛酉
11 甲戌	23 丙戌	35 戊戌	47 庚戌	59 壬戌
12 乙亥	24 丁亥	36 己亥	48 辛亥	60 癸亥

月建表

孟春正月建寅　端月	仲春二月建卯　花月	季春三月建辰　桐月
孟夏四月建巳　梅月	仲夏五月建午　蒲月	季夏六月建未　荔月
孟秋七月建申　瓜月	仲秋八月建酉　桂月	季秋九月建戌　菊月
孟冬十月建亥　阳月	仲冬十一月建子　葭月	季冬十二月建丑　腊月

昼夜时辰对照表

子：二十三时至一时	丑：一时至三时	寅：三时至五时
卯：五时至七时	辰：七时至九时	巳：九时至十一时
午：十一时至十三时	未：十三时至十五时	申：十五时至十七时
酉：十七时至十九时	戌：十九时至二十一时	亥：二十一时至二十三时

睡虎地秦简《日书》

子，鼠也。盗者兑（锐）口，希（稀）须，善弄，手黑色，面有黑子焉，疵在耳。臧于垣内中粪窖下。多（名）鼠鼷孔午郢。

丑，牛也。盗者大鼻，长颈，大辟（臂）臑而偻，疵在目。臧（藏）牛廄中草木下。多（名）徐善以未。

寅，虎也。盗者状（壮），希（稀）须,面有黑焉，不全于身，从以上辟（臂）臑梗，大疵在辟（臂）。臧（藏）于瓦器间，旦闭、夕启，西方。多（名）虎豻貙豹申。

卯，兔也。盗者大面，头□，疵在鼻。臧（藏）于草中，旦闭、夕启，北方。多（名）兔灶陉突垣义酉。

辰，盗者男子，青赤色，为人不轂（穀），要（腰）有疵。臧（藏）东南反（坂）下。车人，亲也。勿言已。多（名）不图射亥戌。

巳，虫也。盗者长而黑，蛇目，黄色，疵在足。臧（藏）于瓦器下。名西茝亥旦。

午，鹿也。盗者长颈，细胻，其身不全，长耳而操蔡，疵在肩。臧（藏）于草木下，必依阪险。旦启、夕闭，东方。名彻达鹿得获错。

未，马也。盗者长须、耳，为人我我然好歌舞，疵在肩。臧（藏）于刍槀中，阪险，必得。名建章丑吉。

申，环也。盗者园（圆）面，其为人也鞞鞞然。夙得、莫（暮）不得。名责环貉豺干都寅。

酉，水也。盗者□而黄色，疵在面。臧（藏）于园中草下。旦启、夕闭。夙得、莫（暮）不得。名多酉起婴。

戌，老羊也。盗者赤色，其为人也刚履，疵在颊。臧（藏）于粪蔡中土中。夙得、莫（暮）不得。名马童龏辰戌。

亥，豕也。盗者大鼻而票（剽）行，马脊，其面不全。疵在要。臧（藏）于圂中垣下。夙得、莫（暮）不得。名豚孤夏穀□亥

。

放马滩《日书·亡盗》

子，鼠矣。以亡，盗者中人取之，藏穴中、粪土中。为人鞍面、小目，目摆摆，广颊，圆目。盗也，所入矣，不得。

丑，牛矣。以亡，其盗从北方意大息，盗不远，勇桑矣，得。

寅，虎矣。以亡，盗从东方入，又从之，藏山谷中。其为人方颜然、扁然。名曰辄，曰耳，曰志，曰声。贱人矣，得。

卯，兔矣。以亡，盗从东方入，复从出，藏野林草茅中。为人短面。出，不得。

辰，虫矣。以亡，盗者从东方入，又从出取者，藏豁谷、窖内中，外人矣。其为人长颈、小首、小目。女子为巫，男子为祝名。

巳，鸡矣。以亡，盗者中人矣，藏困屋屎粪土中、蹇木下。其为人小面，长，赤目，贱人矣，得。

午，马矣。盗从南方入，又从之出，藏中厩庑多十□□……

未，羊。盗者从南方，又从出尔，在牢圈中。其为人小颈，大腹，出目。必得。

申，猴矣。盗从西方尔，在山谷。为人美，不擒，名曰环、远、所矣。不得。

酉，鸡矣。盗从西方入，复从西方出尔。在困屋东屎水旁。名曰灌，有黑子侯。

戌，犬。尔在积薪粪蔡中。黑单，多言。旬子宫得。

亥，豕矣。盗者中人矣，尔在屏圂，方及矢。其为人长面，折鼰，赤目，长发，得。

简说“昆小虫”“爽死”及《正小正》非十月历

一、夏纬瑛改《夏小正》二月条之“昆小虫”为“昆蚩”，未谛。

查《夏小正》无论经、传及清儒李调元《夏小正笺》、毕沅《夏小正考注》、孙星衍《夏小正传》、《皇清经解》所刊黄模之《夏小正分笺》，二月条皆作“昆小虫”，而无一作“昆蚩”者。

昆小虫：传曰：“昆者，众也，由魂魂也。由魂魂也者，动也，小虫动也。其先言动而后言虫者。何也？万物至是，动而后着。”

传文之意不难理解。二月惊蛰，众蛰虫复甦，且天气转暖，卵孵为虫，既称小虫，故虫体较小，稍远其形则模糊，故动而后为人所见。又《左思·魏都赋》：“昆虫毒噬。”注：“昆，明也。明虫者，阳而生，阴而藏。”亦言春日气候转暖而众虫出。

又《集韵》《韵会》读昆为魂，此即据《传》文而来。魂魂者动，故昆一字而用其二义，一则昆为众，再者昆为动。又昆《集韵》音混，义同。即众虫蠕动群飞，一派春日万物萌动，生机勃勃景象。

由上观之，昆无虫义。昆虫实为众虫，后世称昆虫，昆之义已有变化，而以“昆虫”称所有之虫类。如《礼记·王制》：“昆虫未蛰，不以火田。”但昆亦无虫义。

改“昆小虫”为“昆蚩”：有三未洽，①若以昆为动词，如《传》文释昆为动，《说文》：“蚩，蚩虫也。”故蚩为一种虫之名，而非众虫，昆蚩只是蚩虫动，非所有春天萌动之虫动。②若以蚩为动词，如《集韵》：“蚩，敕豸切，音弛。虫伸行。”有人即释“昆蚩”为“昆虫蠢动”。前已说明，昆无虫义，昆蚩即昆伸行，昆伸行即众申行，是何物事？③蚩：《广韵》：“蚩从屮”《说文》：“屮，出也。象艸过中，枝茎益大，有所之也。一者，地也。”小，《说文》：“从八，见而分之。”故蚩字极不可能被古人误写为小虫。故改“小虫”为“蚩”，于义则不通，于形则不近，误。

二、改《夏小正》七月条“爽死”为“爽司分”，释爽为燕子，“分”为春分、秋分。义为春分燕子来，秋分燕子去，故司分，表明二分之至。“爽”为燕子，“死”为司分，不知出于何典。

①查一查近一百余年历书就会发现，秋分之极端日志是：最早为农历八月初一，出现的年份为1919（己未）年八（癸酉）月初一，1938（戊寅）年八（辛酉）月初一，1987（丁卯）年八（己酉）月初一；最晚为八月三十日，出现的年份为1900（庚子）年八（乙酉）月三十日，1957（丁酉）年八（己酉）月三十日，1976（丙辰）年八（丁酉）月三十日，1987（丁卯）年八（己酉）月三十日，2014（甲午）年八（癸酉）月三十日，即秋分无出八月者。当然不必那么机械，春分后燕子也可以来，秋分过一点燕子也可以去。但七月不会有秋分，七月也不会有燕子去，故释“爽”为燕子，释“死”为司分就无着落。

②《夏小正·九月》有“陟玄鸟”，传曰：“陟，升也。玄鸟者，燕也。”

玄鸟指燕子，有《诗·商颂·玄鸟》为证。《诗·商颂·玄鸟》：“天命玄鸟，降而生商。”郑玄笺：“玄鸟，鳦也。”明李时珍《本草纲目·禽二·燕》：“燕子，篆文象形。乙者，其鸣自呼也。玄，其色也。”当然，乌鸦、八哥亦被称作玄鸟，但这两种鸟皆非候鸟。陟者飞升也，飞去也。

若前面七月条已言燕子“司分”，已在秋分前后飞去。怎么会到了九月又说“陟玄鸟”，燕子飞？于事则可一不可再，于行文则义有重复。玄鸟为燕子，历来人所共识，爽为玄鸟，死为司分，无文献可为其征，乃近人臆度，不足采信。

《夏小正》传：“爽也者，犹疏也。”不释“死”，义则成“疏死”，何为“疏死”？何物“疏死”？

上引清儒诸书，皆不释“爽”为燕子，李调元释爽作蔬，“蔬：草也。疏与蔬通，言草似蔬也。”而不释“死”为何事。毕沅释“爽”为疋（shū），《玉篇》释为通，为达，实亦疏义。毕亦不释死为何事。孙星衍从传之说：“爽也者，犹疏也。”

“爽”究为何物？死究为何事？传曰：“爽也者，犹疏也。”似有脱字，当是“死也者，疏也。前释“爽”之字句已湮。“爽”当是“爽鸠”之省称，爽鸠为鹰类猛禽。《左传·昭十七年》：“爽鸠氏司寇也。”《注》：“爽鸠，鹰也。”

“死”有散、逝、疏离之意。《庄子·知北游》：“人之生，气之聚也。聚则为生，散则为死。”《关尹子·四符篇》：“生死者，一气聚散耳。”爽鸠或是一种随季节或食源丰欠而迁徙之飞禽。旧日乡间，仲春及夏，大量禽类及小动物繁衍，天空常有成群之鹰盘旋觅食，小孩子们往往向空呼噪，以免游鹰捕捉小鸡等家禽家畜。至秋冬，则少见鹰飞聚于空。

故“爽死”义为爽鸠疏离，飞散。

三、《夏小正》非十月历

近人又有以为，《夏小正》所用之历为十月历，即一年只有十个月，如彝族即用一年十个月之历。果如此，则《夏小正》之九月有“陟玄鸟”三字，此九月一般当为农历十月中下旬至十一月下旬，其月初已近小雪，并包含大雪以至冬至间之时间段，小雪是秋分后之第四个节气，小雪、大雪间才雁、燕南飞，不亦太晚乎？

四、有人以《诗·豳风·七月》比况，以为《七月》亦用十月历，文中所谓一之日、二之日等，乃是十个月三百六十日后，将一年所余之五六日作为过年之喜庆及祭祀日，如一之日如何，二之日如何，皆是祭祀行为。此说亦未谛。

其一，若“一之日”“二之日”“三之日”“四之日”乃一年三百六十日后之所余日，至少还有一日之缺，岁时是不能任意空缺的。另《七月》文中，从“蚕月条桑”往下数，只有四月、五月、六月、七月、八月、九月、十月，还有两个月是什么月，这两月长达七十二日，不能说一点事也不做而不加记述。由此推论，《七月》所用之历法乃是八月历，果如是，何以不从一、二数至八月？用九月、十月记月何为？周之先民记时会如此粗疏？

其二，《七月》第一章：“四之日举趾，同我妇子，馌彼南亩，田畯至喜。”虽知，一年三百六十日后所剩之四五日，正是隆冬时节，数九寒天，豳地更是冰天雪地，茫茫一片皆白，能于这样的大寒天气，在大田里举行祭祀，还要叫妻子、孩子送饭到田间就着凛冽寒风进餐？

其三，《七月》第七章有“八月剥枣，十月获稻”二句，人称剥枣不是扑枣，而是剥去枣皮，姑认为如是，但“十月获稻”又当何解？小寒、大寒时节方才收割稻谷？不至于吧？可见《夏小正》与《七月》皆不用十月历。

有人以《夏小正》十一月条及十二月条无天象，以为此二条为后人所妄加，其实，二月条也无天象记录，故《夏小正》所用之历为十月历之理由也是与《夏小正》经文矛盾的，因而是不充分的。本书不采其说。

中国生肖诗歌大典

第一辑(卷一)

子鼠卷

肖　炬　主编

十二生肖话子鼠

鼠凭什么成为生肖之首

在十二生肖之中，依现在的眼光看，鼠列其中确实令人匪夷所思。鼠，形态不威猛，声誉不好听，贡献无从说。鼠凭什么进入汉民族的十二生肖之列，而且居十二生肖之首？

要探索这个问题，抛开神话传说，仅从鼠的特性上看，有几点是不能忽视的：

1.鼠是与人类最为相近的动物。凡有人群居住的地方，必有老鼠相伴，驱之不去，摆脱不了。在有人居住的地方，可能没有其他动物，但绝对会有老鼠。

2.鼠是非常聪明机灵的动物，大致高于其他动物。在上古时代，人们常以鼠的有无来测定祸福吉凶，一个地方如若突然无鼠，必然有大的自然灾害如地震、洪灾等袭来，至今犹是。在过去靠木船运粮运货的时代，船家总把老鼠奉若神灵，若发现船上无鼠，纵然运送任务再急，船家也绝不敢开船起运，据说鼠可预见吉凶。

3.鼠是繁殖能力特强的动物，一只母鼠在自然状态下每胎可产出 5 ~ 10 只幼鼠，最多时可达 24 只；妊娠期只有 21 天，母鼠在分娩当天就可以再次受孕。如此往复，一个母鼠一年可以生育 5000 只左右。

4.老鼠的成活率高，虽居于污秽地而少有疾病；非遇到天敌的袭击或人类大规模的扑灭，大多数都能安度晚年、寿终正寝，而且子孙满堂，这是其他动物可望而不可及的。在上古人类生活条件甚差的时代，老鼠这种际遇是人们最希望获得的东西。

5.鼠的传说十分神奇。晋人葛洪《抱朴子》竟说“鼠寿三百岁”；百岁以上的老鼠可以知道人的吉凶，这种能耐，哪种动物能够具有？《本草纲目》认为，正因为鼠寿命长，故称老鼠。

鼠具有上述特点，列入生肖队伍，当然不会逊色。

可是鼠又经常骚扰人们的生活，使人讨厌，成为最不让人喜爱的动物。不过在生肖文化领域里，却偏偏列为十二生肖之首，个中原因耐人寻味。

老鼠能居生肖榜首，是什么原因？流传于民间的说法颇多。有的来自神话，有的来自史诗，有的缘自卦爻，有的出自阴阳学说，众说纷纭，各有其趣。概括起来，大体有五：

一是功绩说。老鼠有开天之绩，功劳最大。民间有“鼠咬天开”的神话传说，说的是天地未开之时，混沌一片，由于老鼠善于在黑暗里行动，就奋力咬破这个混沌壳，于是清者上升为天，浊者下沉为地。天地既分，方有人类，追溯功德，应该推鼠为十二生肖之首。至今流行于北方的“鼠咬天开”剪纸，图案以上下两碗相扣来象征天地，两个碗沿被鼠咬开缺口露出鼠头，以此表述开天故事。

二是狡黠说。这是以老鼠的聪明取巧而演绎出的汉族民间故事。当年玉皇大帝要选十二种动物作为生肖，谁先报名便先录取谁。牛和老鼠都是最先闻讯，而牛气力大，跑得比老鼠快，老鼠自思长跑是绝对跑不过牛，于是一跃跳上牛背，待牛刚抵报名地时，老鼠猛然跳下，窜在了最前面，于是登录为十二生肖之首。由此派生出来的故事，还有猫和大象两个角色。据说猫托老鼠报名，老鼠给忘了，结果猫没有选上，从此与鼠结下生死冤仇，不共戴天。据说大象也曾来参赛，被老鼠视为最强的竞争对手，必欲驱之而后快，于是钻进了大象的鼻子里折腾，把大象给赶跑了。

三是活动说。此说是依生肖动物在十二时辰中的最佳活动时间来评说，鼠在半夜时分最为活跃，故子时属鼠。其余各肖也多能自圆其说，如牛是午夜以后才细细反刍食草，故丑属牛；寅为将晓之时，百兽苏醒，虎为兽王，故寅属虎；酉时已到黄昏，鸡当入笼，故酉属鸡；入夜为戌，必须防盗，是狗发挥作用的时候，故狗属戌；半夜为亥，懒猪此际正是长膘之时，故亥属猪。如此等等，讲来倒也有趣。

四是物象说。据说宋代理学家朱熹持此观点。因为老鼠起床最早，又有开天之功，故当居生肖第一。其他各肖，如牛善耕田，该是辟地之物，当居第二；寅时是生灵苏醒之时，有苏必有灭，灭生灵者莫过于猛虎，所以寅属虎；卯时为日出之象，本应离卦，离卦内含阴爻，为月亮之精玉兔，这样，卯便属兔。如此等等，这种说法显然有些迂腐而又牵强附会。

五是阴阳说。中国人崇尚阴阳理论，以分析万事万物，十二生肖当然也不例外。此说将十二种动物按其足趾的奇数偶数分为阴阳两类，奇数为阳，偶数为阴，依次搭配排定。由于鼠很独特，前足四趾，后足五趾，奇偶同体，一物同具阴阳，故排在第一。其余各肖则按一阴一阳交替搭配，如牛，四趾(偶)；虎，五趾(奇)；兔，四趾(偶)；龙，五趾(奇)；蛇，无趾(同偶)；马，一趾(奇)；羊，四趾(偶)；猴，五趾(奇)；鸡，四趾(偶)；狗，五趾(奇)；猪，四趾(偶)。

除上列五种说法外，在少数民族中还流行一些其他说法。如在纳西族、柯尔克孜族以及藏族的传说中，都认为老鼠是在一次泅水比赛中争得了名副其实的冠军，而居生肖之首。在福建晋江的一则民间故事中，讲的是鼠助取经人唐僧在如来佛的书库中找到《甲子经》，并把它偷了出来，于是唐僧便以生肖之首作为奖励，以资回报。

以上多种解说，作为民俗文化现象来看，也有一定的探索意义。上古时代留下的文字记录很少，这才使得后人演绎出诸多的臆测和想象。

生物学界获知的生态习性

现代科学家已经发出警告，由于鼠的繁殖力特强，至今全球鼠的总数已经远远超过了人类，大概达到全球人口的 4 倍。

这一啮齿目动物，本身的种属就有 1687 种，占所有哺乳类现存种属的 40%以上，数字也相当惊人了。

与人类关系最密切的是家栖鼠，这一类主要有黄胸鼠、褐家鼠、小家鼠三种。幼鼠出生的头两个月，主要生活在窝巢内，随后就跟随母鼠离巢活动。3 ~ 9 个月龄是它们一生中最活跃的时期；但 18 个月龄的鼠类，就基本失去了活动能力。褐家鼠和黄胸鼠的平均寿命只有 6 ~ 7 个月，寿命最长者很少能超过 2年。小家鼠的寿命更短，平均寿命大约一百天。古人说老鼠寿长，可能是因为它们繁殖力特强而产生的错觉。

家栖鼠类的感觉器官十分发达。它们可以利用敏锐的嗅觉去寻食、求偶，进行个体之间的联系。鼠类经常在活动路线上留下尿和生殖分泌物，沿着这些特殊气味的路线来活动。

家栖鼠能够夜视，对光线强度的变化很敏感；但有色盲，鼠目中所有颜色都是灰色。因为黄绿色对它们来说相对明亮，所以得到鼠类的喜爱。

鼠类味觉比较敏锐，听觉和触觉也非常发达。它们能判断声音的来源，并可感知 45 千赫的超声波。鼠类本身也能发出超声波，幼鼠睁眼之前，就靠超声波和回音归巢。家栖鼠可以在黑暗、复杂的环境里，在鼠道上来回奔跑；用触须和身上刚毛与物体接触，起到定位作用，指导活动。

褐家鼠善于打洞，只要遇到泥土，就能掘出深洞。黄胸鼠和小家鼠比褐家鼠更善于攀登。它们有一对坚硬锐利的门齿，大部分建筑材料都能咬坏。三种家栖鼠都善于游泳，而以褐家鼠水性最好。

家栖鼠类主要在夜间活动；黄昏和黎明以前，有两个活动觅食高峰。但食物、水源短缺时，也会迫使它们在白天活动。黄胸鼠疑心较重，对环境中新出现的物体有恐惧回避行为；但小家鼠反而喜欢接近新发现的目标。所有鼠类对恐怖的经历，都存在深刻印象，在随后的行动中会提高警惕。

黄胸鼠喜欢在高层隐蔽的场所栖息，如屋顶、树木、垃圾和杂物高堆等地。褐家鼠多半栖息在稳定潮湿的地方，鼠洞经常建在屋基周围，垃圾堆和道路两旁，另外地下室、墙基、下水道，也是褐家鼠喜欢的所在。小家鼠就爱干燥、食源近的场所，常在墙基、仓库、货物堆和保温层内打洞筑巢。

城市里破旧的建筑物和排水系统，一些新建筑物中的夹墙、暗道，各种生活设施的管道，沟渠、河岸、墙缝，以及堆积建材和货物的场地，都是鼠类隐蔽藏身的场所。可是家栖鼠的栖息场所并非固定不变，往往随环境而适应。褐家鼠和黄胸鼠有时一个晚上奔走 100 ~ 150 米，但通常只在 30 米范围内活动；小家鼠的活动范围小，最宽也只有三十多米。一旦栖息地受到干扰或破坏，鼠类马上会搬家。在温带，鼠类常常有季节性的迁移，春季从室内迁往田野，冬季又迁回室内。高层大型建筑物中的鼠客，也有类似的迁移现象。

现代生物学家觉得，猫、狗作为家栖鼠类天敌的作用，至今越来越值得怀疑。城市养猫户和不养猫户之间鼠的密度，好像并没有明显差异。古人那些责怪猫不尽职的诗文，实际上有些过分。有些学者认为，物种的最大敌人是同种，而不是异种。随着种群数量的增加，个体间对食物、水和生活空间等基本生存条件的竞争日益剧烈，个体间的搏斗加剧，导致死亡率上升，出生率下降；互相争斗破坏了种群中从属个体的迁出，造成繁殖力受到抑制。所以说，在自然情况下，内斗是种群的重要限制因素。

古代典籍中有关鼠的记录

翻开古代典籍，对于鼠类的记载，其深度和宽度真正令人吃惊。仅从历代类书中所收的材料，就能窥一斑而知全豹。

《尔雅》是中国最早的一部词典，文化界认为可能为了诠释《诗经》上的词语，所以称为“迩于雅”。全书 19 篇，其中最后 7 篇（《释草》《释木》《释虫》《释鱼》《释鸟》《释兽》《释畜》）著录了五百九十多种动植物名称，而且还根据它们的形态特征，进行一定的分类，保存了古人早期的生物学识。

在《尔雅·释鸟》篇中，就举出“鼯鼠，夷由”；以及甘肃的山“鸟鼠同穴，其鸟为鵌，其鼠为鼵”这两条记录。

《释兽》篇有专说鼠类的一段，列举出古人定出的生物学名称：

鼳鼠——身长，有须，活跃，秦人称它为“小驴”；

鼢鼠——在地中行；

鼸鼠；

鼷鼠——有毒；

鼬鼠——赤黄色，大尾，吃其他的鼠；江东呼为鼪鼠；

鼩鼠、鼭鼠、鼣鼠；

鼫鼠——头似兔，尾有黄色，好在田中食谷、豆；

鼤鼠、鼨鼠；

豹文鼮鼠——汉武帝时得此鼠，文彩如豹；

鼯鼠——似蝙蝠，有肉翅，会飞，又名“飞生”。

按照形状，详细地分了类，肯定经过广泛的调查研究。

西汉成都才子扬雄花了 27 年编成的《方言》一书，上面记录了汉代的“老鼠”，居然是蝙蝠的别名：“自关而东，或谓之‘飞鼠’，或谓‘老鼠’，或谓之‘仙鼠’。”有冒名顶替的嫌疑。自关而西，秦陇之间，才叫做蝙蝠。

东汉许慎编纂的文字学工具书《说文解字》，对“鼠”字的解释是：“穴虫之总名也。象形。”最早的象形字阶段，“鼠”字写出来就很像个老鼠。书中还记录了两种不同的鼠类：“鼨鼠出胡地，可作裘。”北方人冬天穿的灰鼠皮袍，就用这种鼠皮。另一种是鼫鼠，称为“五伎鼠”，它有 5 种技能：“能飞不能上屋，能缘不能穷木，能浮不能渡谷，能穴不能掩身，能走不能先人。”非常有趣。

关于鼫鼠的五种技能，也并非此类所专有，河东硕鼠也有这些本领。《诗经义疏》说：“今之河东有硕鼠，大能人立，交前两脚于头上跳舞，善鸣，食人禾稼；逐则走入树空中，亦有五伎。或谓雀鼠，其形大，故叙云‘石鼠’也。”《本草》上说，蝼蛄又叫石鼠，也有“五伎”。

古代资料书《广志》上，又补充了不少鼠类材料：

白猿鼠——长尾白腹，善于攀登，样子像家鼠，略有小异；

鼢鼠——深目而短尾；

苗鼠——就是野鼠，小而短尾；

天鼠——皮可以制裘，名为天鹿裘；

黄鼠——在田野间为群，有害于谷麦。跑得快，不容易捉住，唯有黄鼠狼能捉它。

晋代的方志《太康地记》说，在陇西首阳县西南的鸟鼠山，鼠与鸟共居一洞；鼠尾短，形如家鼠，能入地三四尺。鼠在内，鸟在外，现象十分奇特。后来的刘欣期《交州记》说，广东封溪县有一种竹鼠，如同小狗那么大，专食竹根。这些记载比较可靠，已经为现代生物学家所证实。

上古时代还有许多鼠的传闻，传得走了样，给人的印象是极度夸张。如名为“东方朔”所编的《神异记》说：北方寒带有层冰万里，冰厚一百丈，有一种磎鼠能够在冰下生活，吃的却是草木。它的肉重万斤，可以作脯，人吃了能够退热。毛长八尺，可以作蓐，人卧在上面可以却寒。它的皮可以蒙鼓，敲起来声闻千里。有条漂亮的尾巴更加奇妙，可以召集各种老鼠到此聚会。这些说法，显然是有些异想天开了。

还有《博物志》说：老鼠只要食三年巴豆，就能体重三十斤！《抱朴子内篇》引《玉策记》称“鼠寿三百岁”，认为满了一百岁的鼠，毛色变白，取名叫“仲”，能知一年中吉凶及千里以外的事，竟与神仙不相上下。最有趣的是《异苑》所述：西域有个鼠王国，那里的鼠大者像狗，中等的像兔，小一点的就如同一般老鼠；但不同的是，它们的头都是白的，而且带有金枷。有些商人经过其国，如果不先去祈祀鼠神，那些老鼠就拚命啮人衣裳。这时，只有请和尚做咒愿法事，才可平安无事。据说释道安到西方取经时，亲见如此。

《博物志》上讲了个故事：从前唐房修道成仙，家里的鸡狗都跟着升了天，唯独家中的老鼠做了许多坏事，没有带它们去。那些老鼠懊悔得一个月肠子掉出来三次。现代人说“肠子都悔青了”，典故便出在这里。

上面那些话，竟然有点像天方夜谭了。

在方术文化中，《易经》八卦曾分给老鼠一席。《周易·说卦》明确指出：“艮为鼠。”本来艮卦是山的形象，大概最早老鼠住在山里，所以山又成了鼠的象征。

在古代的方术内容中，也留有老鼠的不少踪迹。比如《淮南子万毕术》讲灭鼠的办法，用“狐目狸脑”，塞进老鼠洞，然后披发朝北念咒，就能杀灭老鼠。《风角要占》讲了一种居官防止盗贼的办法：每年七月，将活鼠九头置于笼中，埋进北方的土地里，深二尺五寸，再秤九百斤泥土覆在上面，夯筑坚固。据说这样便可以防贼，简直太奇妙了。

在哲学家的口中，他们曾经利用鼠类特征讲出一些哲理。在《晏子春秋》里，齐景公问晏子一个问题：治国最怕什么？晏子打了个比方：神社里的鼠，拿它真没办法，熏烟又不能熏，灌水又不能灌。您的左右侍从，出去各自显示威风，回来就狼狈为奸。这就跟社鼠一样！俗话说：“欲投鼠而忌器。”老鼠蹲在贵重的瓷器旁边，你就不敢用棒去打，或者用锤去砸，弄不好老鼠跑了，瓷器碎了，损失可就大了。

秦始皇的丞相李斯，担任过乡里的小吏。那时当地老鼠很多，他见到厕所里的老鼠，吃的是人畜剩下来的东西，极不干净，而且人和狗看到它们就要喊打，经常处于惊恐之中。后来他到粮食仓库那里办事，见到粮仓里的老鼠，有吃不完的积粟，居住在高棚大屋之下，又没有人和狗来捉打，个个长得肥头大耳。于是感叹道："人的遭遇难道不是如此？你所处的位置好坏，便决定了你的命运！"这些话，让司马迁记录在《史记》里。

《列异传》上有个故事：中山人王周南，正始年间担任襄邑长。有一天，他办公厅里的老鼠成了精，穿起衣冠，大摇大摆地走出来，对着他说："你三日后要死！'周南根本不理它，继续办公。到了三天以后，老鼠又走了出来，这回戴的是帻冠，穿的是绛衣，对着他说："你到今天中午就会死！"周南还是不理它，继续办公。老鼠也就回去了。到了太阳当顶的正午时分，老鼠再次出来，气呼呼地对他说："周南！你回回都不理我，只有我去死了！还有什么话讲？"于是倒在地上，颠蹶而死，一刹那间衣冠都没有了，和平常的老鼠并没有两样。

《幽明录》上也有个类似的斗智故事：吴北寺有个终祚道人，卧病斋中。有只老鼠从洞里出来，对终祚说：你几天之后必然要死。终祚就喊他的小徒弟，赶快去买猫狗。老鼠听到了，跑出来说："咱哪会怕这些家伙！但令猫狗进入此门，它们自己当时就会死。"须臾，猫狗买了回来，果然进门就不动了。终祚便低声对徒弟说："明天一早到市上去，雇人挑十担水来。"老鼠已经算到他要用灌水的办法，又跑出来说："你就是想拿水来浇我哟？我的洞子四面周流，水也不怕。"结果用水浇灌了一天，毫无所获。终祚又密令徒弟出去邀约三十几人来，明天一起深挖鼠洞。老鼠也知道他的对策，再次出来说："到时候，我爬上屋顶，其奈我何？"第二天，人到齐了，一同动手捉鼠，那老鼠爬上屋顶，大声叫喊："阿周偷了师父二十万钱叛逃！"原来那徒弟姓周，阿周就是指他。这时，终祚连忙停止了行动，到后房打开钱柜检查，果真少了二十万钱；再喊徒弟，踪影全无。这时终祚病也好了，于是送走众人，关起门来对老鼠说："原来你是我的好朋友！让我们互相帮助吧。我想改行去经商，你一定会使我致富的。明天我准备远行，请你帮我守住这房子，不要让我再受损失。"老鼠也答应了他。那时桓玄在南州，严令禁止人家杀牛。终祚带了数万钱远走外地，买回许多牛皮，拿到市场去卖，结果赚得二十几万。回到家里，门还锁得紧紧的，物件一无所失。从此老鼠精再也不出来了。

在古代故事中，有时老鼠会让人倒霉。《列子》里的故事是：梁国有个富人虞氏，住的是高楼，临的是大路，以为这样最舒服、最阔气，每天设乐饮酒，在楼上请客赌博。当地本有一批游侠，相随在楼下行走，赌博的人们正在楼上大声欢笑；恰巧有只老鹰抓住老鼠，刚好飞过这里，听到笑声，受了惊吓，把抓着的死老鼠掉了下来，正好打中游侠的头。游侠大怒，以为是虞氏那伙人开的玩笑，便互相商量道："虞氏富了很久，常常看不起人，现在拿死老鼠来侮辱我们。是可忍孰不可忍？"结论是："应灭其家！"当天夜晚，游侠们带了武器进攻虞家，把那座华楼烧成平地——这就是死老鼠惹的祸。

多数情况下，老鼠会帮人的忙。例如草原上的黄鼠，曾经作为食粮，给处于危境的人，渡过难关。《汉书》说：苏武出使匈奴时，匈奴把他弄到北海上无人之处，放牧羝羊；羝羊生乳才让他回来。苏武在海上，全靠掘野鼠和草果来充饥。三国时，臧洪被袁绍所围，粮食缺乏，也靠着掘鼠而食。

老鼠还曾经帮助过一些古人成名。例如汉代的张汤，父亲是长安丞，经常出外。张汤守家，有一次老鼠盗走一块肉。其父回到家中，发现肉不见了，气得打了张汤一顿。张汤便愤愤地深挖鼠洞，找到老鼠和它偷的余肉，就把老鼠捆起来审问；并且写了状纸，发了公文，就和老狱吏一样。他父亲见到他所写的文辞，高兴地说：你比我更懂公事！

东汉初年有个窦攸，专攻《尔雅》，担任郎官。光武帝与文武百官大会灵台，得到一只身如豹文的老鼠，十分特殊。光武帝问群臣：这是什么动物？没有一个人答得上来。唯有窦攸说：它名叫鼮鼠。光武帝问：你怎么知道的？窦攸说《尔雅》上有记载。皇帝就命内监找到这本书，一查果然不错，立即赏赐他一百匹绢帛，作为奖励。

三国时期曹操执政，制度严格，用刑较重。有一次，马鞍在库房里被老鼠咬坏了，守库的小吏害怕定成死罪，商量要面缚自首，又怕曹操更加发怒。曹操的幼子曹冲特别聪明，又很善良，知道了这个情况，便对小吏们说："你们姑且等待三天，不忙自首！"于是他便用刀把自己身上穿的单衣，穿了一些洞洞，好像鼠咬的一样；故意装作失意的神态，脸上带有愁色，去见曹操。曹操问他有什么烦恼之事？曹冲说："世俗都说，老鼠咬了衣服，象征主人不吉利。现在我衣服就让老鼠咬了，所以有点发愁。"曹操笑道："这不过是愚民百姓的妄言，你不要信这一套！此事非常普通，不要放在心上。"过了一会，库吏报告马鞍被老鼠咬了，曹操又笑起来："我儿的衣服在身边，都遭到啮咬；何况马鞍悬挂在柱子上？算了算了！”这件使人担惊受怕的事件，就这样烟消云散。

读了上面那些老古董，我们终于明白：老鼠在古人的心目中，原来是既可恨、又可爱的角色。

民间文学中出现的鼠迹

在民间文学里，有不少内容以老鼠为主题。其中多半是老鼠丑恶的一面；表现在文学形式上，皆极尽挖苦之能事。由于老鼠给民众的印象最深刻的地方是它的鬼祟、阴暗、小偷小摸、狡猾奸诈。这些性格投射在社会上活动的人身上，逼似大小贪官，这从上古时代的《诗经》里就反映出来了。那些有关鼠的民间文化，对于今天的倡廉肃贪，仍然有一定的现实意义。

民间故事中的鼠，流传最广泛的是“老鼠嫁女”，可谓家喻户晓；其载体也多，有以年画表现的，有以漫画表现的，有以连环画表现的，有以剪纸表现的，也有以童话形式或说唱节目展现的，有时还配上音乐，丰富多彩，不一而足。尽管表现形式多样，但故事情节却不尽相同，归纳起来，大体有以下三种：

版本之一，是说鼠为了化解与猫的仇恨，从而嫁女给猫。当年争做十二生肖，老鼠忘记了猫的托付，没有为猫报名，致猫落选，于是结下冤仇。后来，老鼠成为十二生肖之首，觉得对不起猫朋友，决定化解矛盾，便与猫家结为秦晋之好，于是不惜制办最丰厚的嫁妆，铺陈最盛大的排场，选出最疼爱的那个女儿嫁给猫郎君。结果选错了对象，事与愿违，结果羊落虎口，鼠女成了猫郎的一顿晚餐。这个故事说明，在本性难移的对立面前头，干戈不一定能化玉帛，从这一方面看，颇有教育意义。

版本之二，是说鼠仰慕猫的权势，意欲攀龙附凤而嫁女于猫。老鼠不甘心过偷偷摸摸、担惊受怕的日子，决心为女儿找个威风体面的门第，借以提高自己的地位，选去选来，终于选定自己最惧怕的猫家以托女儿终身。为了与夫家的门第匹配，也为自己装潢门面，在嫁女那天不惜耗资摆阔，大摆排场，吹吹打打，旗鼓锣伞，好不热闹。结果攀附不成，反使女儿成了猫腹之食。这个故事似乎在暗示人们要安守本分，不应心生妄念，须坐正自己的位置。

版本之三，是说老鼠四处为爱女寻找天下无敌的婆家，以免女儿受到欺负，自己也好沾点风光。老鼠首先看上了太阳，以为太阳是万能无敌的，结果太阳说，它也有害怕的东西，那就是乌云。于是老鼠去找乌云提亲，乌云说，我虽能遮日，但却怕风，风一来，我就立足不定。于是老鼠又去找风，风说，我最怕的是墙，只要墙一挡，我便百事无成。于是老鼠又去找墙，墙说，我虽能挡风，但我却怕你们鼠类，老鼠洞使我基脚千疮百孔，朝难保夕。最后，老鼠终于认识到自身的价值，把女儿嫁给同类。这个故事意义更大，不解自明。

民间的各种版本，都借“老鼠嫁女”这个题材，以貌似荒诞的故事，来反映世间情态和人生哲理，寓教于乐，明快而又深刻。

有些古代文献，记录了不少当时的民间故事，当然文献中也不乏老鼠的神话或寓言。如《国策·秦策三》有一段，说郑国的人把没有雕琢过的玉石叫“璞”；而周地的人，把腌腊过的干老鼠叫“璞”。一天，周地的人带着他们的璞对郑国商人说：“要买璞吗?”郑商十分惊喜，因为这种石头本身价钱不贵，但是把它雕琢成美玉，那就价值连城，能赚好大一笔；连忙应声说：“要！要！”结果周人拿出的竟然是一串串老鼠干，吓了他一跳，闹出一场天大的误会。此事也见于《尹文子·大道》。后来许多诗人借此吟咏，寄托感慨，讽刺有名无实的人或物，像宋代陆游《述怀》诗云“玉非鼠璞何劳辨？鱼与熊蹯各自珍”，明代刘基《感时抒怀》诗云“鼠璞方取贵，和璧非所珍”，皆有感而发。

民间故事里的鼠，并非全属反面。唐代戴孚《广异记》说：有个叫崔怀嶷的人，他家的庭院中忽然出现了数百只老鼠，奇怪的是，那些老鼠居然都站立起来，用两足行走，口中还发出呱呱之声，引得全家人都跑到庭院里来观看，当大家全部离开屋子到达院坝以后，房屋忽地轰然倒塌，全家人幸免于难，原来老鼠预知屋宇将倾，挽救了那一家人。宋徐铉《稽神录》也讲过此类故事：有个叫柴再用的龙武统军，一日在大厅凭几独坐，忽然有只老鼠走到庭下，向这位再用统军拱手而立，如同文人拜揖之状。这位统军见鼠辈竟然对他行平辈之礼，勃然大怒，呼喊手下人前来驱赶，可是手下人没有一个在身边，统军只好自己起身逐鼠，老鼠跑出大厅，他也追出了大厅，结果大厅的屋梁突然断折，他坐的地方床几尽都压得粉碎，这才明白老鼠是来救他，连忙对着鼠洞行了大礼。在这些神话故事里，鼠类并非反面角色，而是与人为友、行善积德的动物。同时暗示老鼠能知凶吉，有时会做出救人于危难之中的义举。

负面故事也有。唐李隐（或柳祥）《潇湘录》说，在唐代万岁年间，往京城长安的大道上，经常出现一群强盗，专门在夜间活动，杀人越货，无所不为，百姓深以为害。有一天，一个道士路过此地，听说此事，深感蹊跷，决心查个究竟。于是带着一件古镜，等到深夜，潜伏在道旁守候。不久，只见一群全副武装的少年结队走来，东张西望，看那样子绝非正派之人。道士赶快取出古镜，对着这一群人一照，古镜突然光芒四射，照得这帮家伙丢盔弃甲，仓皇逃去。道士穷追不舍，穿沟越壑，追到一个大洞穴的边上，那些人突然不见。那时天也亮了，道士便在附近唤人前来，说明原委，让大家去拿家中工具，发掘洞穴，竟掘出百余条特别大的老鼠，原来那群盗匪竟是老鼠变的。从此，长安道上的匪患也就平息了。这个故事里的老鼠，个个都不是好东西。

在人们的想象中，古琴与老鼠永远风马牛不相及，然而谁能想到，古琴有个雅名竟叫“鼠畏”。这个名称的得来有一段故事，见《虞汝明古琴疏》。话说有个名叫张弘靖的古人，家里藏有一张名贵的古琴，琴上还镌有铭文“落花流水”。一天夜晚，张弘靖突然听到老鼠的叫声甚急甚厉，急忙命仆婢点燃蜡烛去看，发现那张古琴的一根断弦上，缚系着一只老鼠。张弘靖非常诧异，弄不清老鼠是怎么系到琴上的，便干脆将古琴命名为鼠畏，因为老鼠怕它。由此，“鼠畏”也就成了古琴的别名。

以鼠命名的风雅物事，还有秦汉时《神农本草经》上记载的牡丹花之名。经称“牡丹味辛寒，一名鹿韭，一名鼠姑，生山谷”。明李时珍《本草纲目》所记的牡丹别名里，也有鼠姑。但两本书均未提及牡丹为什么有“鼠姑”之名的原因，难道牡丹与鼠也有一段因缘？

明代民间有个“绣头饲鼠”的故事，说的是四川峨眉山来了一个和尚，行为怪异，人称“异僧”。那和尚一不入寺“挂单”，二不向人“化缘”，而且从不与人交往，因此无人知其法号。他头发长了也不去剃，干脆挽个螺髻犹如编绣，所以有“绣头”的外号。他在峨眉山住锡二十余年，人们不知其所来，亦不知其所往。当时峨眉山庙宇林立，作为僧人，住寺庙非常方便，而且生活也有保障，但这个和尚却在位于半山的洪椿坪侧竹林中搭个小棚，居住在里面以避风雨。棚前开辟一小块菜地，种薯种菜，以此为生，便不需要人家布施衣食。他多年来有个习惯，每天进食之前，除了自己吃的食物以外，总在棚前地上放两堆食物，然后敲梆数下，许多老鼠便迅速应声而来，很有秩序地各吃一部分，互不相扰，食毕各自散去。据说，他每天黄昏就口诵经文，乘夜色登上金顶，黎明即回。从洪椿坪到金顶，往返恐怕有一百多里路，他竟不知疲倦，二十余年天天如此。人们对他的所作所行，始终不明就里，但均叹为观止。至今洪椿坪挂着的清人所撰百字长联中，还有“修蛇应斋”之句，就指这一奇事。佛家教义众生平等，并且珍惜生命，苏东坡《次慧定长老见寄》诗中就有“为鼠常留饭，怜蛾不点灯”之句。然而能像绣头和尚如此常年饲鼠的事，还属少见。

古代涉鼠诗

国风·鄘风·相鼠

相鼠有皮，人而无仪①！人而无仪，不死何为？
相鼠有齿，人而无止②！人而无止，不死何俟③？
相鼠有体，人而无礼！人而无礼，胡不遄死④？

注释

①相：视，观察。一说“相鼠”是鼠类的一种。　仪：仪范、风度。②止：郑玄笺释为“容止”，即容貌举止。一说假借为“耻”。　③俟：等待。④胡：何。　遄（chuán）：快速。

解说

《诗经》是中国第一部诗歌总集，其中的诗篇跨越的时间，由西周初至春秋中叶。诗歌分为风、雅、颂三个部分，其包括 15 国风，是在 15 个不同地区采集上来的土风歌谣。鄘（yōng）风是来自鄘国的民歌。周武王灭商后，封其弟蔡叔于鄘，其地在今河南汲县北。

诗歌的创作本以情感为基础，情感是诗歌不朽的灵魂。《尚书·尧典》说：“诗言志，歌永言，声依永，律和声。”《关雎序》论云：“诗者，志之所之也，在心为志，发言为诗；情动于中，而形于言；言之不足，故嗟叹之；嗟叹之不足，故咏歌之；咏歌之不足，不知手之舞之、足之蹈之也。情发于声，声成文之谓之音。治世之音安以乐，其政和；乱世之音怨以怒，其政乖；亡国之音哀以思，其民困。故正得失、动天地、感鬼神，莫近于诗。”分析得非常透彻。《诗经》的诗篇能够流传下来，绝大部分是因为真情实感的流露，能引发普遍的共鸣。

这首诗并非专门咏鼠，而以鼠作为对照物。《毛诗序》以为是借鼠讽刺在位者缺失礼貌。有人指出：《相鼠》一诗就是卫国统治者丑恶行为的总概括，有强烈的现实战斗性。全诗分三段，结构基本相似。

国风·魏风·硕鼠

硕鼠硕鼠①，无食我黍②！三岁贯女③，莫我肯顾。
逝④将去女，适彼乐土。乐土乐土，爰得我所⑤。

硕鼠硕鼠，无食我麦！三岁贯女，莫我肯德。
浙将去女，适彼乐国。乐国乐国，爰得我直⑥。

硕鼠硕鼠，无食我苗！三岁贯女，莫我肯劳。
逝将去女，适彼乐郊。乐郊乐郊，谁之永号⑦？

注释

①硕：本义为大。一说借用为鼫，鼫鼠即田鼠。 ②黍：黄米，即黍子，古代北方旱作农业中主要食粮。 ③三岁：泛指多年。 贯：顾念，奉饲。女：通作“汝”字；即你。 ④逝：离开。一说通作“誓”，发誓。 ⑤爰：乃，就，便。 ⑥直：通作“值”，价值，代价。 ⑦永号：长呼。

解说

魏风是西周魏地采集的民歌。魏国原是周代较小的诸侯国，春秋时为晋国所攻灭，晋献公把魏封给毕万，在今山西芮城县附近。

这首诗借咏鼠表达对腐败无能、尸位素餐的统治者的愤恨，对清明政治和美好未来的向往。诗中贯注着哀怨情调，婉转跌宕。全诗分三段，结构基本相似。

国风·召南·行露

厌浥行露①，岂不夙夜②？谓行多露③。

谁谓雀无角④？何以穿我屋？谁谓女无家⑤？
何以速我狱？虽速我狱，室家不足！

谁谓鼠无牙？何以穿我墉⑥？谁谓女无家？何以速我讼？虽速我讼⑦，亦不女从！

注释

①厌（yā）浥（yì）：湿淋淋的。 行：道路。 ②夙（sù）夜：一早一晚。 ③谓：同“为”，因为。与下文的“谓”不同义。 ④角：雀鸟是没有角的，但能弄穿土墙，和有角一样。一说角为鸟的嘴壳。 ⑤女：通“汝”，即你。 ⑥墉（yōng）：墙。 ⑦速：招致。 狱：诉讼，打官司。

解说

召南是《诗经·国风》中的诗篇，采自召公分治的地区，召公奭长住西都镐京，治理西方诸侯，由陕（今河南陕县分界），周公则长居洛邑，治理东方诸侯。从《召南》诗《江有汜》中有“江有汜”“江有渚”“江有沱”诸句看，召南所覆盖之地，南到武汉以上之长江上游，包括蜀地在内。

“南”原是一种古老乐器的名称，后来演变为地方曲调的专名，古称“南音”。这种曲调最初盛行于江汉流域，以后逐步影响到附近北方的地区。召南中的诗就是用南音演唱的乐歌。

这首诗并非专门咏鼠之作，诗的末段只是借鼠作比喻而已。孔颖达疏：“此强暴之男，侵凌贞女；女不肯从，为男所讼，故贞女与对，此陈其辞也。”全诗分三段，后两段结构基本相似。

国风·豳风·七月（节选）

穹窒熏鼠，塞向墐户①。

注释

①穹窒：堵塞洞穴。 向：朝北的窗。 墐：泥抹。

解说

豳（bīn）风是《诗经》十五国风之一。“豳”同邠，为古都邑名，在今陕西郴县。“风”的意义就是声调，是带有地方色彩的乐歌。此篇描写农家辛勤力作的情景，是最早的田园诗章，极其生动形象。这一段说刚刚进入冬季，家家都忙着堵塞鼠穴，烧烟来熏死老鼠。塞住北窗，泥抹门缝，以防寒风侵入。

小雅·鸿雁之什·斯干（节选）

风雨攸除①，鸟鼠攸去，君子攸芋②。

注释

①攸（yōu）：于是。 ②芋：借作宇，居住之意。

解说

《小雅》是《诗经》的一部分，属于《雅》的一类。所谓“雅”，有“正”的意思，将这种乐曲视为“正声”，为宫廷宴享或朝会时的乐歌，与地方性的民歌有别。或谓“雅”字与“夏”相通，代表华夏之区，故称正声雅乐。

《雅》分《大雅》和《小雅》两类，《小雅》的作者，既有上层贵族，也有下层贵族和地位低微者，其中还有少量民歌，多为西周晚期的作品。这里所录的诗篇，主要是歌颂贵族新建宫室。所摘诗句说鸟和鼠都影响不了房屋的安全，可见当时人们非常担心野鼠的破坏。

鼮鼠赞 晋·郭璞

有鼠豹采①，厥号为鼮②。
汉朝莫知，中郎能名③。
赏以束帛④，雅业遂盛⑤。

注释

①豹采：豹一样的花纹。 ②鼮（tíng），鼠类的一种，今称海狸鼠。汉武帝获得身有豹纹之鼠，群臣不知其名，郎官终军说，此为鼮鼠。帝问所出何书？回答见于《尔雅》。武帝赏绢百匹，由此学习《尔雅》之风盛行。又一说法，按《艺文类聚·兽·鼠》引《窦氏家传》说是窦攸“治《尔雅》，举孝廉为郎。世祖（东汉光武帝）与百僚大会灵台，得鼠身如豹文”。群臣不知其名，只有窦攸答以鼮鼠，赐帛百匹。 ③中郎：汉代朝官。此处即指终军或窦攸。按《艺文类聚》引作“郎中”。 ④束帛：捆为一束的五匹帛。《易·贲》：“束帛戋戋。”《周礼·春官·大宗伯》“孤执皮帛”郑玄注：“皮帛者，束帛而表以皮为之。”贾公彦疏：“束者十端，每端丈八尺，皆两端合卷，总为五匹，故云束帛也。” ⑤雅业：指习《尔雅》之业。

解说

郭璞（276～324），字景纯，河东闻喜人(今属山西)，西晋建平太守郭瑗之子。东晋著名学者，文学家、训诂学家、术数大师。西晋末年战乱将起，郭璞避地江南，历任宣城、丹阳参军等职。东晋元帝时，升著作佐郎，迁尚书郎，任将军王敦记室参军。因力阻驻守荆州的王敦谋逆，被杀。事后被追赐为“弘农太守”。晋明帝在玄武湖边建郭璞的衣冠冢，名“郭公墩”。

郭璞曾注释《尔雅》《周易》《山海经》《穆天子传》《方言》和《楚辞》等，可说是晋代博物学家。他在所著《尔雅注》中，对于不同的鼠类，皆以四言“赞”体写了一系列诗篇；这首是其中之一，专门叙述海狸鼠。但真正谈鼠的句子很少，只讲了它的斑纹像豹，所谈典故说明，汉代以前就有动物分类学，而且有专门书籍，不过当时官员重视的学术在于经学，对于科技方面较少问津。因此皇帝的提问，只有极少数博学之士才能回答。由于回答的人得到了奖赏，于是带动文化界研究《尔雅》这部书。

赞是一种古代韵文，多为四言，句式整齐，语言古朴，给人一种雅正的感觉。

飞鼠赞 晋·郭璞

或以尾翔①，或以髯凌②。
飞鸣鼓翰③，倏然皆腾④。
用无常所，唯神斯凭。

注释

①尾翔：飞鼠类似飞狐，多见于荆楚之间。因尾巴很大，飞跃时好像用尾当翅膀。 ②髯：在颊的胡须称为髯。 凌：凌空飞翔。 ③鼓翰：鼓动羽毛。 ④倏然：快速状。

解说

这是郭璞以赞体咏鼠的又一篇。诗中着重描写飞鼠的飞翔情态，或是以尾，或是以髯；一旦鼓动其毛，会快速地腾空而起。无论用尾用髯来飞翔，并没有一定的规矩，一切听凭其神志来决定；这对于飞鼠的动态作了一定的拔高。

鼯鼠赞 晋·郭璞

鼯之为鼠①，食烟栖林②。

载飞载乳，乍兽乍禽③。
皮藉孕妇④，人为大任⑤。

注释

①鼯（wú）鼠：亦称飞鼠，长七八寸，苍褐色，形如兔。前后肢有膜，能借前后肢间皮膜滑翔。 ②食烟：古人认为鼯鼠食火烟，郭璞注云：“状如小狐，似蝙蝠，肉翅。翅尾项胁，毛紫赤色，背上苍艾色，腹下黄，喙颔杂白。脚短爪长，尾三尺许。飞且乳，亦谓之飞生。声如人呼，食火烟，能从高赴下，不能从下上高。” 栖林：常栖林间。 ③载飞载乳：边飞边喂乳。雌鼯鼠十分爱其幼仔，常载其滑翔；故郭璞以为其飞行时亦哺乳。 乍兽乍禽：鼠本为兽，飞时为禽。 ④藉：借助。 藉孕妇：指对孕妇有益。鼯鼠经济价值极高，周身是宝。其皮毛厚软，是皮衣的上等原料。其粪便即名贵中药“五灵脂”，是妇科病的良药。 ⑤大任：对人大有益处。《说文》：“任，保也。”有大为保险的含义。

解说

这是郭璞以赞体咏鼠系列的又一篇。诗中说鼯鼠栖于林间，以火烟为食，这当然是古人的一种传说，一种想象。是哺乳动物，但能飞，且能边飞边哺乳其子；乍一看，既是兽，又类禽。它的皮毛等在制衣作药上都是孕妇需要借助的，为人类做出贡献。可见天生一物，必有其利，不可一概认为鼠为害禽。

鼷鼠赞 晋·郭璞

小鼠曰鼷①，实有螫毒②。
乃食郊牛③，不恭是告④。
厥谴惟明⑤，征乎其觉⑥。

注释

①鼷（xī）鼠：一种长不足三寸的小鼠。《博物志》说：鼠之最小者。

②螫毒：动物毒素。《说文》说：有螫毒者，或谓之甘鼠。又言：鼷鼠者，甘口，啮人及鸟兽皆不痛。所谓螫毒，当是分泌一种麻醉液，使受害者当时不痛。 ③食郊牛：见《左传》鼷鼠食郊牛角。《本草·兽部》说：鼷鼠极细，不可卒见，食人牛马以成疮。 ④告（jū）：与“鞫”相通，审问定案之意。⑤厥：其。 谴：责备。 ⑥征：寻求。 觉：察觉。

解说

这是郭璞以赞体咏鼠系列的又一篇。诗中说小小的鼷鼠，带有螫毒而能使对方不觉；甚至连祭祀的牛也敢下口，这种不恭敬的行为，应该审问，对其谴责是明摆着的。这告诉人们要随时察觉。篇中以非常简洁的文词，综合了这种动物的特性。

鼫鼠赞 晋·郭璞

五能之鼠①，技无所执②。
应气而化，翻飞鴽集③。
诗人歌之，无食我粒。

注释

①五能：五种技能。指鼫（shi）鼠，即田鼠。《荀子·劝学》：“螣蛇无足而飞，梧鼠五技而穷。”五技是指能飞不能上屋，能缘不能穷木，能游不能渡谷，能穴不能掩身，能走不能先人。 ②执：专一，特长。 ③鴽（rú）：一种小鸟，古人误为田鼠所变化。《礼记·月令》：季春之月，“田鼠化为鴽”。

解说

这是作者以赞体咏鼠系列的又一篇。诗中说田鼠虽有五能，但无一技所长。随着气运的变化在三月变化为鴽，上下翻飞，聚集争食。古代诗人早就在《诗经·硕鼠》里说：“硕鼠硕鼠，无食我黍”，“硕鼠硕鼠，无食我麦！”

李云南征蛮诗 唐·高适

圣人赫斯怒①，诏伐西南戎②。肃穆庙堂上③，深沉节制雄。遂令感激士，得建非常功。料死不料敌，顾恩宁顾终。鼓行天海外，转战蛮夷中。梯巘近高鸟④，穿林经毒虫。鬼门无归客，北户多南风⑤。蜂虿隔万里，云雷随九攻⑥。长驱大浪破，急击群山空。饷道忽已远，悬军垂欲穷⑦。精诚动白日，愤薄连苍穹。野食掘田鼠，晡餐兼僰僮⑧。收兵列亭堠⑨，拓地弥西东。临事耻苟免，履危能饬躬⑩。将星独照耀，边色何溟濛。泸水夜可涉，交州今始通。归来长安道，召见甘泉宫。廉蔺若未死，孙吴知暗同？相逢论意气，慷慨谢深衷。

注释

①圣人：此指皇帝，即唐玄宗，姓李名隆基。 赫斯怒：怒而威。《诗·大雅·皇矣》："王赫斯怒，爰整其旅。"《郑笺》："赫，怒意。"斯，语助。后以"赫斯"指帝王盛怒貌。晋葛洪《抱朴子·论仙》："人君有赫斯之怒，芟夷之诛。" ②南戎：此指南诏。《新唐书·南蛮传上·南诏上》："蒙舍诏在诸部南，故称南诏。" ③肃穆：庄严恭敬。《后汉书·乐成靖王党传》："(刘苌)不惟致敬之节，肃穆之慎。" ④巘（yǎn）：大山上之小山。 梯巘：攀登上重重高山。 ⑤鬼门，即鬼门关。古关在今广西北流、玉林间，其地两山对峙，形同关隘，甚险恶，为通两广要道。《旧唐书·地理志四》："(鬼门关)其南尤多瘴疠，去者罕得生还。谚曰：'鬼门关，十人九不还。'"此处借鬼门关指伐南诏道路之险恶，也有地狱之门之意。 北户：古国名，亦指南荒边地。《尔雅·释地》："觚竹、北户、西王母、日下，谓之四荒。"郭璞注："觚竹在北，北户在南。"邢昺疏："北户者，即日南郡是也。颜师古曰：'言其在日之南，所谓北户以向日者。'"秦李斯《琅玡台刻石》："六合之内，皇帝之土。西涉流沙，南尽北户。" ⑥蜂虿：蜂与虿，皆为有刺毒虫。《国语·晋语九》："蜹蚁蜂虿，皆能害人，况君相乎！"句意为去到相隔万里，蜂虿横

子鼠卷

行之地。云雷：指凶险不吉之征。《易·屯》：“《象》曰：屯，刚柔始交而难生，动乎险中。”《屯》之象为《坎》上《震》下，《坎》象为云，《震》象为雷。因以“云雷”喻险难环境。北周庾信《周柱国大将军长孙俭神道碑》：“道钟《屯》《剥》，世属云雷。” 九攻：九为阳数之极，九攻即多次进攻。《墨子·公输》：“公输盘九设攻城之机变，子墨子九距之。”典由此出。 ⑦饷道：运送粮草之道路，亦作“饷道”。《史记·樊郦滕灌列传》：“受诏别击楚军后，绝其饷道。” 悬军：深入敌境之孤军，如悬在空，绝无依傍。《宋书·柳元景传》：“元景大军次白口，以前军深入，悬军无继。” ⑧晡：日过中午。僰（bó）：古川滇边境的少数民族。 僰僮：僰人充作侍僮。当时多虏僰人儿童为奴。 ⑨亭堠：即亭侯，食于亭的侯爵。《后汉书·百官志五》：“功大者食县，小者食乡、亭。”关羽曾封寿亭侯。 ⑩苟免：苟且免害，《礼记·曲礼上》：“临财毋苟得，临难毋苟免。” 饬躬：躬即身，饬躬即整饬身体，直面危境，临难不苟免，《汉书·宣帝纪》：“朕之不明，震于珍物，饬躬斋精，祈为百姓。”泸水：在今云南省怒江傈僳（sù）族自治州南部。即诸葛亮南征所渡之泸水。交州：汉武帝元鼎六年（前111），汉平南越国，在原南越国地方设交州，是汉代十三州之一，辖南海、苍梧、郁林、合浦、交趾、九真、日南、珠崖、儋耳九郡，其中在今天的越南部分交州有三郡：交趾、九真、日南。唐交州亦辖越南等地。唐高宗仪凤四年（679）改称安南都护府。此诗用旧称。 甘泉宫：汉宫殿名。建于汉武帝时，此借以指唐宫。 廉蔺：廉颇、蔺相如。 孙吴：孙武、吴起。

解说

高适(约702～765)，字达夫，渤海修(今河北省景县)人。二十岁曾到长安，求仕不遇。于是北上蓟门，漫游燕赵。安禄山之乱发生，拜为左拾遗，转监察御史，佐哥舒翰守潼关。潼关失守后，奔赴行在，见玄宗陈述军事，得到玄宗、肃宗的重视，连续升迁，官至淮南、剑南西川节度使，最后任散骑常侍。

诗为五言古风。为描述征南诏之战的叙事诗。诗题中之李，据《新唐书》列传一百四十七《南蛮》上载，当是讨南诏主将李宓。是役唐全军覆没，李宓亦败死西洱河。现尚存李将军庙于其地供人祭扫。

南诏之战完全是杨国忠等权奸一手造成，却给唐朝，也给南诏造成巨大灾难，诗中“野食掘田鼠，晡餐兼僰僮”便是出征战士苦难生活的直击描述。南诏之战直接诱发安史之乱。高适此诗，当写于李宓败报未至之时，其召见甘泉宫等纯属想像。诸史均不载。

（何焱林补注）

赵将军歌 唐·岑参

九月天山风似刀，城南猎马缩寒毛。
将军纵博场场胜，赌得单于貂鼠袍。

解说

作者岑参（约 715～770），江陵（今湖北荆州市荆州区）人。少年孤贫，刻苦读书。天宝三年（744）中进士，始任右内率府兵曹参军。天宝八年（749）在安西节度使高仙芝幕中掌书记。天宝十三年（754），随封常清赴北庭，任节度判官，往来于北庭、轮台间。在八年边塞生活期间，其诗歌创作呈现高峰。肃宗时返京，历任右补阙、起居舍人、虢州长史。大历初年（766～768），任嘉州刺史，人称岑嘉州。

此诗为七言绝句，第一句写时令，第二句写地域，第三、第四句为诗的主旨，写戍边将军的英雄气概。诗中的鼠，反映在北方人御寒的裘衣上，也算是鼠类对人做的贡献。

和考功员外杪秋忆终南旧宅之作 唐·常衮

静忆溪边宅，知君许谢公[①]。晓霜凝耒耜[②]，初日照梧桐。涧鼠喧藤蔓，山禽窜石丛。白云当岭雨，黄叶绕阶风[③]。野果垂桥上，高泉落水中。欢荣来自间，羸贱赏曾通[④]。月满珠藏海，天晴鹤在笼[⑤]。余阴如可寄，愿得隐墙东[⑥]。

注释

①谢公：即东晋谢安，曾隐居会稽东山，与王羲之等交契甚厚，四十余岁再次出山，桓温任之为司马，后官至司徒，主持国家大计。曾与其侄谢玄等大破苻坚军八十余万，使晋室转危为安。 ②耒耜（lěi sì）：古翻耕土地农具。耒是木柄，耜是下端起土部分，后泛指农具。 ③白云、黄叶：写山居秋色。岭雨、阶风：写清寂索漠。 ④欢荣：欢乐荣华。《宋书·乐志二》："游淳风，泳淑清。协亿兆，同欢荣。"此指做官。 间：读去声，有间隙、偶然意。羸贱：此指贫贱。 ⑤珠：骊龙之珠，深藏海底。 ⑥余阴：余下的岁月。可寄：指还有机会。 墙东：指隐居之所。《后汉书·逸民传·逢萌》："君公遭乱独不去，侩牛自隐。时人谓之论曰：'避世墙东王君公。'"后以墙东指隐居地。北周庾信《和乐仪同苦热》："寂寥人事屏，还得隐墙东。"

解说

常衮（729~785），字夷甫，京兆（今陕西西安）人。天宝末年进士，历任翰林学士、考功员外郎中、知制诰。永泰元年（765），迁中书舍人。大历十二年（777）拜相，堵塞买官之路。他文章俊拔，被当时推重，与杨炎同为舍人，时称为常、杨。他性情孤洁，不妄交游。内侍鱼朝恩恃宠兼领国子监事，上疏以为不可。时朝廷多故，代宗加其为集贤院学士，迁礼部侍郎。

按此诗一说为卢纶作，一说为岑参作。

诗题中"考功员外"为考功员外郎的省称，其人名姓不详。"杪（miǎo）秋"即暮秋。"终南"指终南山，又名太乙山、地肺山、中南山、周南山，简称南山，秦岭山脉之一段，西起陕西咸阳武功县，东至陕西蓝田，千峰叠翠，景色优美，素有"仙都"、"洞天之冠"和"天下第一福地"美称。主峰位于周至县境内，海拔 2604 米。

此诗为五言排律，乃和友人怀终南旧宅之作。终南山接近京师，在此处隐居，既可与朝中大员交往，又容易名动京师，为朝廷所知，故称"终南捷径"。

诗中首二句即指此考功员外高卧终南，以稳定东晋的谢安自许，揭示其当年隐逸身份。中间句意为景观描述：溪涧的藤蔓间，有野鼠在喧闹，石丛间有山禽在跳窜，写旧宅风光。白云、黄叶、晓霜、阶风，则述晚秋天气。既怀旧宅，必有所托，故结句为余阴有寄，愿隐墙东。

（何焱林补注）

酬苗员外仲夏归郊居遇雨见寄 唐·卢纶

雷响风仍急，人归鸟亦还。
乱云方至水①，骤雨已喧山。
田鼠依林上，池鱼戏草间。
因兹屏埃雾②，一咏一开颜。

注释

①乱云至水：此类似龙卷风。 ②兹：此，这里指雷雨。 屏（bǐng）：排除。 埃雾：尘埃雾霾。雷雨一至，即廓清雾霾尘埃。

解说

卢纶（约 737~约 799）字允言，唐代诗人，大历十才子之一。河中蒲（今山西省永济县）人。屡试不第；大历六年，因宰相元载举荐，授阌（wén）乡尉；后由王缙荐为集贤学士，秘书省校书郎，升监察御史。出为陕府户曹、河南密县令。后元载、王缙获罪，遭到牵连。德宗朝复为昭应令，任河中浑瑊元帅府判官，官至检校户部郎中。他的诗以五七言近体为主，多唱和赠答之作。但在从军生活中所写的诗，如《塞下曲》等，风格雄浑，情调慷慨，为人传诵。

此诗为五言律诗，乃酬友之作。诗句为景观描述：田鼠、池鱼只是一个点缀。

郊野急雨，读之如见。雷响风急，骤雨将至，人忙归家，鸟急投林。乱云方垂至水，骤雨已打得满山喧哗，非亲临其境，怎得知疾雷骤雨之声威？田鼠、池鱼，习性不同，一以蹙，一以喜，见作者观察之入微。喧雷急雨，虽其势汹汹，却因此清除尘埃雾霾，还大气以清新，退夏日之酷暑，故尔一咏一开颜。

（何焱林补注）

登夏州城观送行人赋得六州胡儿歌 唐·李益

六州胡儿六蕃语①，十岁骑羊逐沙鼠②。沙头牧马孤雁飞，汉军游骑貂锦衣。云中征戍三千里③，今日征行何岁归？无定河边数株柳④，共送行人一杯酒。胡儿起作本蕃歌，齐唱呜呜尽垂手。心知旧国西州远，西向胡天望乡久。回身忽作异方声，一声回尽征人首。

注释

①六州：北方草原一带。唐六州为伊、凉（梁）、甘、石、氐（熙）、渭。六蕃：唐时对北方少数民族之统称。唐王建《元日早朝》诗："六蕃陪位次，衣服各异形。"蕃与番同，古称外族皆为番。 ②沙鼠：体细长，毛灰色，鼻尖淡红色，上下唇和眼圈白色，眼大而突出。主要吃植物的茎叶，能传染鼠疫。穴居在疏松的土壤中，故称。也叫黄鼠。与沙獾有别。 ③游骑：任巡逻兼突击的骑兵。《陈书·侯安都传》："徐嗣徽、任约等引齐寇入据石头，游骑至于阙下。" 貂锦：貂裘，锦衣，状汉军服饰之华贵。 云中：郡名。原为战国时赵地，秦时置郡，治所在云中县（今内蒙古托克托东北）。亦泛指边关。《韩非子·喻老》："故虽有代、云中之乐，超然已无赵矣。" ④无定河：位于陕西省北部。上源红柳河源于定边东南长春梁东麓，东南流，沿途纳榆溪河、芦河、大理河、淮宁河等支流，在清涧县河口注入黄河，为榆林境内黄河最大支流。

解说

李益(748～827)，字君虞，陕西姑臧(今甘肃武威)人。大历四年（769）进士，初任郑县尉，因久不得升迁，后即弃官在燕赵一带漫游。宪宗时任秘书少监，终礼部尚书。他的诗风豪放明快，以边塞诗最为有名。

这是一首七言古风，开头两句为仄韵；下面四句换为平韵，末尾八句又换成仄韵，参差错落，引导铿锵。诗中表述在北方的征战将士，对故乡的思念之苦。诗中第二句点到的沙鼠，就是边地草原民众的一种猎物，作为全诗的起兴。

（何焱林补注）

赠王处士 唐·王建

松树当轩雪满池，青山掩障碧纱幮①。
鼠来案上常偷水，鹤在床前亦看棋。
道士写将行气法②，家童授与步虚词③。
世间有似君应少④，便乞从今作我师。

注释

①碧纱幮（chú）：用碧纱制成之橱形围帐。 ②行气：道教语，谓呼吸导引等养生术。晋葛洪《抱朴子·微旨》：“明吐纳之道者，则曰唯行气可以延年矣；知屈伸之法者，则曰唯导引可以难老矣。” ③步虚：道士唱经礼赞之曲。李白《题随州紫阳先生壁》诗：“喘息飡妙气，步虚吟真声。”王琦注引《异苑》：“陈思王游山，忽闻空里诵经声，清远遒亮，解音者则而写之，为神仙声。道士效之，作步虚声。” ④有似：如同。南朝梁刘勰《文心雕龙·附会》：“驭文之法，有似于此。”

解说

王建（约767~830），字仲初。颍川（今河南许昌）人。大历进士。四十岁以后“白发初为吏”，任县丞、司马之类，世称王司马。他写了大量的乐府，与张籍齐名。又写过宫词百首，在传统的宫怨之外，还广泛地描绘宫中风物，是研究唐代宫廷生活的重要材料。他也写过小词，如《调笑令》，原题为“宫中调笑”，王建却用来写妇女哀怨：“团扇，团扇，美人病来遮面。玉颜憔悴三年，谁复商量管弦？弦管，弦管，春草昭阳路断。”贞元十三年（797），他辞家从戎，曾北至幽州、南至荆州等地，写了一些以边塞战争和军旅生活为题材的诗篇。长庆元年（821），迁太府寺丞，转秘书郎。在长安时，与张籍、韩愈、白居易、刘禹锡、杨巨源等均有往来。

这是一首七言律诗。从全诗看，王处士当是一个道教信奉者。鼠来案上常偷水：见处士案无食物，只有供神之香烛、净水；鹤在床前亦看棋：见处士养鹤、下棋为常课，故鹤见得多了，在床前也习惯于看主人下棋。此联将王处士写得绝尘脱俗。颈联道士书行气法，家童唱步虚词，看来王处士真个在修真养性。尾联点题：世间真有类似之事，王先生你就应当永远年少，从今我该拜你为师了。有喻讽于褒意。

（何焱林补注）

送崔约秀才　唐·贾岛

归宁仿佛三千里[①]，月向船窗见几宵。
野鼠独偷高树果，前山渐见短禾苗。
更深栅锁淮波疾[②]，苇动风生雨气遥。
重入石头城下寺[③]，南朝杉老未干燋[④]。

注释

①归宁：回乡探视父母。晋陆机《思归赋》：“冀王事之暇豫，庶归宁之有时。”　②栅锁：指锁在码头或大船栅栏上之锁。唐周贺《送耿山人归湖南》诗：“夜涛鸣栅锁，寒苇露船灯。”　淮波：淮水之波。友人崔约大约从淮水乘船。　③石头城：故址在今江苏省南京市清凉山。本为楚城，汉末孙权重筑改名。此城负山面江，南临秦淮河口，当交通要冲，六朝时为建康军事重镇。唐以后城废。后来即用指南京。　④南朝：指东晋亡后，以今南京为都城相继建立的宋、齐、梁、陈四个南方朝廷。　干燋：同“干焦”。干枯焦腐。

解说

贾岛（779~843），字浪（阆）仙，幽州范阳（今河北省涿州市）人。早年出家为僧，号无本，自号“碣石山人”，被韩愈发现其才华，后还俗参加科举，但累举考不中。唐文宗时被排挤，贬做长江主簿。唐武宗会昌初，由普州司仓参军改任司户，未任而病逝。人称其为“诗囚”，一生不喜与常人往来，所交皆尘外之士，诗喜苦吟，在字句上狠下工夫。苏轼评诗有“郊寒岛瘦”之语，郊指孟郊，说明贾岛诗以瘦硬为主。

诗题中崔约其人未详，唐姚合亦有《送崔约下第归扬州》诗，可见崔约亦为唐时诗家。

这是一首七言律诗。从“野鼠独偷高树果，前山渐见短禾苗”看，其时当在孟夏之末或仲夏之初。诗人送友人归宁，并未写一帆风顺那些套话，而是想像沿途风物景色，虽有风涛雨意，终于重入石头城下寺，顺利到达家乡。鼠在诗中只是一个镜头。

(何焱林补注)

射雕骑　唐·马戴

蕃面将军著鼠裘[1]，酣歌冲雪在边州。
猎过黑山犹走马，寒雕射落不回头。

注释

①鼠裘：灰鼠皮制作的裘衣。灰鼠为松鼠的一种。古代叫做鼲。毛灰褐色，颈下和腹下的毛白色。多生活在东北森林中。毛皮珍贵，可以制裘。

解说

马戴（799~869），字虞臣，曲阳（今江苏东海）人。会昌四年（844）进士。大中初,在太原幕府任掌书记。因直言被斥，贬龙阳尉。官终太学博士。曾隐居华山，并遨游边关。

此诗为七言绝句，写戍边将军的英雄气概。诗中说他长年戍边，面容已像少数民族的将军，穿着鼠皮裘衣，冒着雪在边关慷慨高歌。短短四句将戍边将军的外貌仪容、神态及雪中射雕的英武气概凸显出来。全诗围绕走马射雕，由近到远，给人以动态美的享受。

夜半　唐·李商隐

三更三点万家眠，露欲为霜月堕烟。

斗鼠上床蝙蝠出①，玉琴时动倚窗弦②。

注释

①斗鼠：互相打斗的老鼠。　②诗的句法奇妙。看似琴为主语，琴在拨动靠窗的弦，实则不然。实际是倚窗而挂的琴，琴上的弦，有了响动。

解说

李商隐(约812或813~858)，字义山，号玉溪生、樊南生。祖籍怀州河内(今河南沁阳市)，生于河南荥阳（今郑州荥阳）。开成三年（847）进士及第。曾任弘农尉、佐幕府、东川节度使判官等职。早期因文才深得牛党要员令狐楚的赏识，后因李党的王茂元爱其才而将女儿嫁给他，遭到牛党的排斥。此后便在牛李两党争斗的夹缝中生存，辗转于各藩镇之间当幕僚，郁郁不得志。他是晚唐最著名的诗人，与杜牧齐名，并称“小李杜”。

这首七绝诗虽非专门咏鼠，但突出了半夜打斗的老鼠，破坏了夜露凝结、月色如烟的静境。蝙蝠因无所顾忌上床打架的老鼠而惊飞，连倚在窗边以玉装饰的古琴也被弄得时时震动，使得房里的主人不得安眠。诗以夜半鼠斗衬托出时运不佳的贫士生活的潦倒与寂寞。

官仓鼠　唐·曹邺

官仓老鼠大如斗①，见人开仓亦不走。
健儿无粮百姓饥，谁遣朝朝入君口②？

注释

①官仓：官家的粮仓。　斗：量器，十升为一斗，约装粮谷三十斤。②君：指官仓鼠。

解说

曹邺（816~?），晚唐诗人，字邺之，桂林阳朔（今属广西）人，屡试不第，流寓长安达10年之久。大中四年（850）登进士第，旋任齐州（今山东济南）推事、天平节度使幕府掌书记。咸通（860~874）初，调京为太常博士，寻擢祠部郎中、洋州（今陕西洋县）刺史，又升吏部郎中，为官有直声。咸通九年（868）辞归，寓居桂林。他以五言古诗见称，诗作反映社会现实，体恤民疾，针砭时弊。

这首七绝为仄韵诗，名为咏鼠，实际刺贪。官仓里的老鼠肥壮得像斗那么大，见到人来也不怕。现在士兵无粮百姓饥饿，是谁让这些粮都入了你的口？诗句明显讨伐那些有所依恃的贪官。以官仓鼠喻贪官，非常贴切形象，这是一首有名的讽贪刺贪诗，流传很广远。

秋宿长安韦主簿厅　唐·李洞

水木清凉夜直厅①，愁人楼上唱寒更。
坐劳同步檐前月，鼠动床头印锁声②。

注释

①直：同“值”，在官厅值班之意。　②印锁：印盒上的锁。古代官员随身带印，旅途中睡觉时总把印盒放置床头。

解说

李洞，字才江，京兆（今陕西西安）人。为晚唐诗人。因爱好贾岛的诗，铸其像事之如神，时人认为李洞诗僻涩，而不能贵其奇峭，唯有吴融称道他。昭宗时（889～904）屡考不第，游蜀而卒。这首七绝诗亦非专门咏鼠，但夜晚的老鼠却让人相当不宁，居然咬啮起官员的大印来。诗作者住宿在韦主簿的厅堂，虽然池水和树木都很清凉，楼上有人伴着打更报时唱起哀婉的歌曲，坐久了起身在檐前月下散步，这是何等宁静平和！可是听到有老鼠在动床头印锁的声音，当官的不得不紧张起来，赶快驱赶老鼠。诗的末句反衬秋夜环境清寂的同时，也衬托出诗人孤单落寞的心境。

嘲林和靖　宋·许洞

寺里掇斋饥老鼠①，林间咳嗽病猕猴。

豪民遗物鹅伸颈，好客临门鳖缩头。

注释

①掇（duō）：拾取。　斋：佛寺的饭食。

解说

许洞（976~1015），字洞夫，一作渊夫，北宋吴郡（今江苏省苏州市）人。擅长武术，精于兵学，文才很好，但一生未受重用，只做过乌江县主簿。

题中林和靖，即北宋名士林逋（967~1028），字君复，浙江大里（今奉化市）人。幼时刻苦好学，通晓经史百家，性孤高自好，素喜恬淡，自称“梅妻鹤子”，一生不趋荣利。

此诗是与林逋开玩笑的七言绝句，说老鼠很饿，到寺庙斋堂里捡剩下的饭吃；树林间出现咳嗽声，知是猕猴病了；伸颈的鹅、缩头的鳖，这些动物，都成了你的好朋友了。全诗描写以鼠为首四种动物的情态，照应题目，反映了隐士孤高自洁的生活状态。

同谢师厚宿胥氏书斋闻鼠甚患之　宋·梅尧臣

灯青人已眠[①]，饥鼠稍出穴。
掀翻盘盂响，惊聒梦寐辍[②]。
唯愁几砚扑，又恐架书啮。
痴儿效猫鸣，此计诚已拙。

注释

①灯青：灯油将尽时，灯焰青暗。唐李贺《伤心行》：“灯青兰膏歇，落照飞娥舞。”王琦汇解：“灯久膏将尽，则其焰低暗作青色。”　②惊聒（guō）：惊扰吵闹。　辍：终止。

解说

梅尧臣(1002～1060)，字圣俞，宣州宣城(今属安徽)人。宣城古称宛陵，世称宛陵先生。初试不第，以荫补河南主簿。皇祐三年（1051）始得宋仁宗召试，赐同进士出身，任太常博士。后因欧阳修举荐，任国子监直讲，累迁尚书都官员外郎，故世称梅直讲、梅都官。他是北宋著名的现实主义诗人，早年诗作受西昆派影响，后诗风转变，提出针锋相对的主张，摒弃浮艳空洞的诗风。

这首五言古风诗全为仄韵，主题是描写老鼠使人厌烦。人眠鼠出，反盆倒盂，声音闹得使人无法入眠。文化人怕的是老鼠把几案上的砚墨打翻，又怕它把书架上的古书咬烂。娃娃学猫叫想来吓唬老鼠，老鼠明知是假，这个计策实在是太愚笨了，从一个侧面反映古代文人清贫落寞的现实生活。

依韵和石昌言学士求鼠须笔之什　宋·梅尧臣

江南飞鼠拔长尾，劲健颇胜中山毫①。其间又有苍鼠须，入用不数南鸡毛②。二物缓急岂常获，捕刺徒尔操蛮刀③。旧藏已赠蔡夫子，报君松管何萧骚④。

注释

①飞鼠：又名鼯鼠，为典型的树栖类，与松鼠科亲缘关系很近。　山毫：用中山国的兔毛所制的笔，常为名笔的代称。中山为古国名，春秋末年鲜虞人所建，其地在今河北省定县、唐县一带。　②苍鼠：普通的黑毛老鼠。　入用：足以使用。　不数：不亚于。南鸡毛：指鸡毫笔。　③缓急：需要相助的事。　蛮刀：少数民族特制的利器，喻一时不易获得之物。　④松管：一般毛笔。　萧骚：稀疏，寒酸。

解说

题中的石昌言（995～1057），字扬休，眉州人，与苏轼同乡；十八岁州举进士，与司马光同年，善为诗。“鼠须笔”是以老鼠胡须制作的毛笔，比较稀罕。苏东坡《题所书宝月塔铭》中说：“予撰《宝月塔铭》，使澄心堂纸、鼠须笔、李庭硅墨，皆一代之选也。”这首诗就是作者答石昌言求笔之作，声称原先收藏的鼠须笔，已经送给蔡先生了，无法满足君之要求，非常遗憾。此诗为七言古风，全用平韵；主题是叙述友人求笔而无法满足，深表遗憾。由诗可见，老鼠在文具制造上也曾做出贡献。

（冯广宏补充）

竹鼬 宋·苏轼

野人献竹鼬①，腰腹大如盎②。自言道旁得，来不费罝网③。鸱夷让圆滑④，混沌惭瘦爽⑤。两牙虽有余，四足仅能仿⑥。逢人自惊蹶，闷若儿脱襁⑦。念此微陋质，刀几安足枉⑧。就擒太仓卒⑨，羞愧不能飨⑩。南山有孤熊，择兽行舐掌。

注释

①野人：山野之人。 竹鼬（liú）：又名竹鼠、竹柳，似家鼠而大，尾短，色苍，前足不分趾爪，性迟钝。 ②盎（àng）：口小腹大的瓦罐，或瓦盆，《说文》："盎，盆也。"用以盛水、盛酒。 ③罝（jū）网：捕猎工具。 ④鸱（chī）夷：盛酒革囊。 ⑤混沌：全牛之皮制作的革囊。大者装一石，小者装二三斗。 ⑥仿：模仿。 ⑦闷：烦闷。此句说竹鼠烦恼时，双足乱蹬，像婴儿蹬脱襁褓一般。 ⑧刀几：屠刀和几案。 安足枉：不值得劳烦它。 ⑨仓卒：仓促。 ⑩飨（xiǎng），以酒食待人。 舐（shì）掌：即舔手掌。此句意为南山孤熊，择兽而食，有如舐掌般方便，人反不及。

解说

苏轼（1037~1101），字子瞻、和仲，号东坡居士，世人称苏东坡，眉州（今四川眉山）人，祖籍栾城。嘉祐二年（1057）与弟苏辙同登进士第，授大理评事，签书凤翔府判官。熙宁二年（1069）为判官告院。因与宰相王安石政见不合，自请外任，出为杭州通判。再迁知密州，移知徐州。元丰二年（1079），罹"乌台诗案"，责授黄州团练副使，本州安置，不得签署公文。哲宗立，高太后临朝，复为朝奉郎知登州，迁为礼部郎中；又除起居舍人，迁中书舍人；又迁翰林学士知制诰，知礼部贡举。元祐四年（1089）出知杭州，后改知颍州、扬州、定州。元祐八年（1093），哲宗亲政，被远贬惠州，再贬昌化军（今海南儋州市）。徽宗即位，遇赦北归，卒于常州。他是唐宋八大家之一，豪放派词人的代表。其诗、词、赋、散文，均有极高成就，且善书法绘画，是中国文学艺术史上罕见的全才。

这首五言古风，全用仄韵；基本上属于赋体的纪事诗，主题是描写竹鼠。前段四句表述竹鼠的获得经过；中段六句描写竹鼠的形态；后段六句表述野人获得竹鼠的感慨。南山孤熊，舐掌可食，这竹鼠野味招待客人数量太少，还是献给您老人家享用吧。

徐大正闲轩（节选） 宋·苏轼

冰蚕不知寒，火鼠不知暑①。知闲见闲地，已觉非闲侣②。君看东坡翁，懒散谁比数。形骸堕醉梦③，生事委尘土。早眠不见灯，晚食或欺午④。卧看毡取盗，坐视麦漂雨。语希舌颊强，行少腰脚偻⑤。五年黄州城，不踏黄州鼓⑥。人言我闲客，置此闲处所。问闲作何味，如眼不自睹。颇讶徐孝廉⑦，得闲能几许。介子愿奉使，翁归备文武⑧。应缘不耐闲，名字挂庭宇。我诗为闲作，更得不闲语。君如汗血驹，转盼略燕楚⑨。莫嫌銮辂重，终胜盐车苦⑩。

注释

①冰蚕：《拾遗记》云产于员峤山中，长七寸，黑色，有鳞角，冰雪覆之始成茧。 火鼠：见《山海经》，其毛可制火浣布。 ②句意为知道自己闲，处于闲散之地，已经不是闲散之人了。因为其心犹是有所作为。 ③形骸：躯体。《庄子·天地》：“汝方将忘汝神气，堕汝形骸，而庶几乎？”此句化用庄子此意。 ④欺午：过午。扬雄《方言》：“晋、魏、河内之北谓惏（lǐn）曰残，楚谓之贪，南楚江、湘之间谓之欺。”句意谓睡过头，吃早饭时已经过了中午。现在川东也有地方称吃饭为欺饭者。 ⑤强：强直，僵硬。《韵会》：“木强，不和柔貌。”《前汉书·周昌传赞》：“周昌，木强人也。”《注》：“言其强质如木石然。”《儒林外史》：“一连吃了四五剂，口不歪了，只是舌根还有些强。” 偻：伛偻，弯曲。 ⑥鼓：此处非鼓角之鼓，而是借用为郭。

《说文》："鼓，郭也。" 郭：外城。《广韵》："内城外郭。"句意为苏轼五年流放黄州，连黄州外城之土地也未踏上一步。 ⑦徐孝廉：孝廉：孝悌廉洁之士，为汉代选拔人才之科目，《汉书·武帝纪》："元光元年（前134）冬十一月，初令郡国举孝廉各一人。"颜师古注："孝谓善事父母者，廉谓清洁有廉隅者。"徐孝廉为对徐大正之敬称，可见徐时为布衣，未有任何官阀。 ⑧介子：傅介子，西汉时出使西域的使者。《旧唐书·西戎传论》："西方之国，绵亘山川，自张骞奉使已来，介子立功之后，通于中国者多矣。"清黄鹫来《咏史》诗之一："介子一书生，楼兰立奇功。" 翁：公，如昔人称鸡公为鸡翁。此公或指姜太公，其归西伯，则备为文武之师，左周文王、武王两代国君灭商兴周。 ⑨汗血驹：即汗血马，古西域骏马名。流汗如血，故称。《史记·大宛列传》："得乌孙马好，名曰'天马'。及得大宛汗血马，益壮，更名乌孙马曰'西极'，名大宛马曰'天马'云。" 燕楚：燕地、楚地，古燕在北，楚在南，意为驰骋于各地。 ⑩銮辂（lù）：銮镳与大辂之车，犹銮驾。汉张衡《东京赋》："乘銮辂而驾苍龙。"此指为皇家效力。 盐车：运盐之车。《战国策·楚策四》："夫骥之齿至矣，服盐车而上太行。蹄申膝折，尾湛胕溃，漉汁洒地，白汗交流，中阪迁延，负辕不能上。伯乐遭之，下车攀而哭之，解纻衣以幂之。"为英俊沉于下僚之常用典。

解说

原诗为五言古风，这里两句为咏徐孝廉正闲轩的发语词，提到鼠类中一种奇特的火鼠。全诗以鼠起兴，通篇明写自己闲散的生活，实则流露出宦海浮沉不得志的心情。

徐大正，《宋史》无传，从诗题看，知其赋闲在家，从苏轼称其为孝廉看，知其为未入仕途之布衣。诗自"颇讶徐孝廉"起，则劝徐积极入世，为国立功，不要贪恋隐逸之闲散。以傅介子一介书生，终能出使西域，沟通边地与中原之关系，使得汉与边地人民，得到物资与文化上之交流，流芳百世。又姜尚本朝歌屠叟，穷愁潦倒，归文王后，才智得用，成为名垂千古之开国贤臣。并称赞徐为汗血之驹，理当驰驱天下。莫嫌拉銮辂太重，即莫嫌为国家做事太过辛劳，总比拉盐车受煎熬好呀！全诗亦有得闲而嫌闲，求为国家一展拳脚而不得的无可奈何之心境，但终未丧失积极用世之志。

（何焱林补注）

乞猫 宋·黄庭坚

秋来鼠辈欺猫死，窥瓮翻盘搅夜眠。
闻道狸奴将数子①，买鱼穿柳聘衔蝉②。

注释

①狸奴：猫的别名。 数子：产子。 ②衔蝉：猫的雅号。

解说

黄庭坚（1045~1105），字鲁直，号山谷道人，又号涪翁。洪州分宁（今江西修水）人。治平四年（1067）进士，以校书郎为《神宗实录》检讨官，迁著作佐郎。后以修实录不实，遭到贬谪。黄庭坚为苏门四学士之一，又是江西诗派的开山祖师，与苏轼齐名。世称苏黄。

此诗为七言绝句，意为老鼠搅得睡不着觉，听说友人的猫将产仔，决定去抱一只回来。全诗直白有趣，朴实地道出当时鼠患。

乞猫诗 宋·蔡天启

厨廪空虚鼠亦饥①，终宵咬啮近颠痴。
腐儒生计惟黄卷②，乞取衔蝉③与护持。

注释

①厨廪：厨房与仓库，唐王季友《寄韦子春》诗："雀鼠昼夜无，知我厨廪贫。" ②黄卷：书籍。晋葛洪《抱朴子·疾谬》："穷巷诸生，章句之士，吟咏而向枯简，匍匐以守黄卷者所宜识。" ③衔蝉：指猫。猫雅称为衔蝉奴。明王志坚《表异录·羽族》："后唐琼花公主有二猫，一白而口衔花朵，一乌而白尾，主呼为衔蝉奴、昆仑妲己。"

解说

蔡天启为北宋人，与王安石（1021～1086）、晁补之（1059～1129）同时代，王安石《示蔡天启三首》，诗中有“蔡子勇成癖，能骑生马驹”之句。胡仔《苕溪渔隐丛话前集》卷三七言蔡天启有《申王画马图诗》：“天宝诸王爱名马，千金争致华轩下。当时不独玉花骢，飞电流云绝萧洒。两坊岐薛宁与申，凭凌内厩多清新。肉鬃汗血尽龙种，紫袍玉带真天人。骊山射猎包原隰，御前急诏穿围入。扬鞭一蹙破霜蹄，万骑如风不能入。雁飞兔走惊弦开，翠华鞍辔从天回。五家锦绣遍山谷，百里舄珥遗尘埃。青骡蜀栈西超忽，高准浓娥散荆棘。苜蓿连天鸟自飞，五陵佳气春萧瑟。”曾误入《东坡集》。

此诗为七言绝句，说因鼠太猖狂，想要只猫来护物，不要再把书咬坏了。首句“厨廪空虚”，画出穷书生的清苦生活，厨房里没有什么可吃的，老鼠只好啃书，而儒生以黄卷为生计，只有乞猫守护，末句点明题意。

访山家 宋·陆游

舍舟步上若耶溪①，寿栎修藤路欲迷②。
僧院倚山驯栗鼠③，野塘涨水下茭鸡④。
草侵古路迢迢远，云傍行人故故低。
薄暮但寻遗毳去⑤，山家正在鹤巢西。

注释

①若耶溪：源于浙江省绍兴市若耶山，北入运河。传为西施浣纱处。②栎(lì)：落叶乔木，叶子长椭圆形，结球形坚果，叶可喂蚕；木材坚硬，可制家具，供建筑，皮可鞣皮或做染料。亦称“麻栎”“橡”，通称“柞树”。寿栎是指其老。 ③栗鼠：松鼠，一称松狗。宋罗愿《新安志·物产》：“鼠之丰尾者曰栗鼠，亦曰松狗。” ④茭鸡：一名茭鶺，大如凫，高脚长喙，群栖泽畔，为我国鹭类中常见水鸟。常伏于茭菰中，貌似鸡，故名。 ⑤毳（cuì）：鸟兽细毛。

解说

陆游(1125～1210)，字务观，号放翁，山阴(今浙江省绍兴市)人。绍兴二十三年(1153 年)应试进士，取为第一，秦桧孙秦埙居其次，桧大怒，欲降罪主考。二十四年(1154)参加礼部考试，主考官再次将陆游排在秦埙之前，竟被秦桧除名。秦桧死后，陆游始出任福州宁德县主簿。孝宗即位，赐游进士出身。历任枢密院编修官兼编类圣政所检讨官、通判、安抚使、参议官、知州等职。淳熙二年(1175)，范成大镇蜀，邀陆游至其幕中任参议官。淳熙五年(1178)，陆游诗名日盛，得孝宗召见。

陆游仕宦之途，并不顺畅，因其发义仓之粮赈济灾民，及上疏朝廷，请求减轻赋税等，累遭罢黜，长期蛰居乡间，于嘉定二年十二月二十九日(1210 年 1 月 26 日)与世长辞。

陆游一生共作诗九千余首,在中国文学史上实属罕见。不仅工诗，而且擅写词，但词作不多，现存 130 首。他的词也独具特色，如《钗头凤》《卜算子》至今流传。

他的诗清新圆润，自成一家，且多是抒发爱国情怀的诗作。在蜀之作，题为《剑南诗稿》，后世称为“剑南派”。

此诗为七言律诗，咏山家情调。山家在若耶溪畔，传为西施浣纱故地。僧院傍山，香客稀少，松鼠见人不惊；时正夏时，野塘水涨，茭鸡下而觅食，古径迢遥，云傍人低。直到黄昏，寻着鹤遗细毛，终于在鹤巢西边找到山家。鹤傍山家，乃知山家也是爱鹤者。一幅山野行旅图。

(何焱林补注)

问鼠　宋·刘黻

只影投荒阅两秋①，汝曹何苦侮畸囚②。
诗书尽啮从谁诉，冠履俱伤重我羞。
相国溷人宁处垢③，永州某氏未轻投④。
翻盆搅瓮何时了，肯事张汤法吏不⑤？

注释

①只影：孤单一人。投荒，比如投身荒野。 ②汝曹：你们，指老鼠。畸：独而不偶。 ③相国：指秦国李斯。 溷（hùn）：厕所。“溷鼠”事见《史记》：李斯“年少时为郡小吏，见吏舍厕中鼠食不洁，近人犬，数惊恐之；（李）斯入仓，观仓中鼠，食积粟，居大庑之下，不见人犬之忧。于是李斯乃叹曰：‘人之贤不肖譬如鼠矣，在所自处耳。’” ④永州：柳宗元任永州刺史，作有《永某氏之鼠》文。某人属鼠，从来不喂猫捉老鼠，放任的结果，使得家里老鼠成群。 ⑤张汤：汉武帝时御史大夫，法治严酷。据说他幼时捉到偷肉的老鼠，也用刑审问。 不（fǒu）：疑问词。

解说

作者刘黻（fù）（1217～1276），字声伯（一作升伯），号质翁，学者称蒙川先生，乐清（今属浙江）人。淳祐十年（1250）试入太学。以太学生上书言事，因忤执政，送南安军安置。景定三年(1262)中进士，对策又触时忌，授昭庆军书记。咸淳二年(1266)以太学博士召试馆职，除正字；后除校书郎，拜监察御史，授集英殿修撰、沿海制置使，知庆元（今宁波）府事。八年召还，拜刑部侍郎。九年，改朝奉郎，试吏部尚书，兼工部尚书舍人，兼修玉牒，又兼侍读。

这首七律诗，主题是责问老鼠，用了一系列与鼠有关的典故。起句说，我孤身一人在外两年，你们这些老鼠何苦欺侮我这个羁囚？颔联说，把诗书咬烂不知向谁投诉，把鞋帽咬破使我出去蒙羞。颈联问，你是宁肯在茅厕蒙垢呢，还是前往永州某氏家，那里未必能饶了你。尾联说你们翻盆搅罐何时了结？敢不敢到张汤那里去经受一下法律考问？全篇都是与鼠对话，可见古代民家鼠患的严重。

睡猫 宋·胡仲弓

瓶中斗粟鼠窃尽①，床上狸奴睡不知②。
无奈家人犹爱护，买鱼和饭养如儿。

注释

①瓶：储粮容器。　②狸奴：猫。

解说

胡仲弓，字希圣，太远清源（今属山西清徐）人，约宋度宗咸淳二年（1266）前后在世。曾登进士第，为会稽令，老母适至,不久解职。自后浪迹江湖以终。

此诗为七言绝句，写不尽职的懒猫，可是家里人却很爱它，像小孩一样地喂养，到了夜晚，老鼠几乎把罐里的粮食吃光，猫儿都不管。这似乎讽刺到某些官员的身上，它们之中也许就有许多人很像懒猫。

鸱枭狼腐鼠　宋·黄超然

鸱枭狼腐鼠①，欢喜同八珍②。凤凰玉千仞③，琅然落清音。事有适相值，枭遂生欢心。仰首噱一吓，谓凤当见侵。凤凰睹腐鼠，掩鼻方微颦④。投惠且不纳，夺攫岂所任⑤？昆仑有竹实⑥，去去不可寻。

注释

①鸱枭（chī xiāo）：猫头鹰一类猛禽。　狼：意为狼扈，纵横狼藉状。《周礼·秋官·序官》“条狼氏”汉郑玄注：“杜子春云：‘条当为涤器之涤。’涤，除也；狼，狼扈道上。”贾公彦疏：“谓不蠲之物在道，犹今言狼藉也。”腐鼠：腐烂的老鼠。《庄子·秋水》：“惠子相梁，庄子往见之。或谓惠子曰：‘庄子来，欲代子相。于是惠子恐，搜于国中三日三夜。庄子往见之，曰：‘南方有鸟，其名为鹓雏，子知之乎？夫鹓雏发于南海而飞于北海，非梧桐不止，非练实不食，非醴泉不饮。于是鸱得腐鼠，鹓雏过之，仰而视之曰：吓！今子欲以子之梁国而吓我邪？’”诗用此故事。　②八珍：八种美味食品。《周礼·天官·膳夫》：“珍用八物。”郑玄注：“珍，谓淳熬、淳母、炮豚、炮牂、捣珍、渍、熬、肝膋也。”　③玉：珍贵。　④颦：皱眉。　⑤攫（jué）：掠取。所任：是其所愿、所能。　⑥竹实：竹所结的籽实，形如小麦。《韩诗外

传》卷八："凤乃止帝东园，集帝梧桐，食帝竹实，没身不去。"

解说

黄超然（1236~1296），字立道，号寿云，台州黄岩（今属浙江）人。宋末两次被荐举为乡贡。宋亡，创立义塾，远近求学者甚多。规定学生鸡鸣即起，闭门读书至午时，不得会客办事；诲人不倦，教育出一批人才。晚年居室门前种竹百株，名为西清道院。后人称其为南宋台州十大儒之一。

这首五言古风，全用平韵；诗句晦涩古奥，借《庄子·秋水》中鸱枭得腐鼠的寓言，说明不能以小人之心度君子之腹，以抒发胸中的愤懑。诗中描写鸱枭得到腐鼠，高兴得好像得到人间美味。看见凤凰从头上飞过，以为要抢它的食物，便仰天大叫一声，吓唬凤凰。不料凤凰见到腐鼠，掩鼻皱眉而过。凤凰是以竹实为食的，请它吃鼠尚且不受，岂能去抢？

钱舜举硕鼠图　元·邓文原

禾黍连云待岁功，尔曹窃食素餐同①。
平生贪黠终何用？看取人间五技穷②。

注释

①素餐：白吃饭。这里指无所作为的官僚。　岁功：一年农作收成。《汉书·礼乐志》："阳出布施于上而主岁功，阴入伏藏于下而时出佐阳。阳不得阴之助，亦不能独成岁功。"　②五技穷：语出《荀子·劝学》："螣蛇无足而飞，梧鼠五技而穷"，说明鼠虽有五技，但能飞不能上屋，能缘不能穷木，能游不能渡谷，能穴不能掩身，能走不能先人。前已提及。

解说

邓文原（1258～1328），字善之，一字匪石，人称素履先生。四川绵州（今绵阳）人。至元二十七年，辟为杭州路儒学正。大德二年，调崇德州教授。五年，擢应奉翰林文字。九年，升修撰。至大元年，预修《成宗实录》。三年，授江浙儒学提举。皇庆元年，召为国子司业。擅长写正书、行书。

诗题所言画家钱舜举，即钱选（约1239～1322），字舜举，号玉潭，别号雪川翁、习懒翁、清臞老人，浙江湖州人，南宋景定年间乡贡进士，工诗善书画，擅长人物、花鸟、蔬果、山水。钱选是“吴兴八俊”中唯一没有出仕元朝的一位遗民画家。

这是一首题画的七绝诗，借题“硕鼠图”以讽贪吏。连云的禾黍，标志着丰收了，但那些硕鼠和占着高位的贪官一样，正准备窃取。一辈子贪狡到底有什么用？只不过在人间玩弄一些不高明的伎俩罢了。诗很有现实讽刺教育意义。

明安驿道中　元·陈孚

黄沙浩浩万云飞，云际草深黄鼠肥①。
貂帽老翁骑铁马②，胸前抱得黄羊归③。

注释

①黄鼠：属松鼠科。身细长，毛灰黄色，鼻尖淡红色，上下唇和眼圈白色，眼大而突出。穴居在疏松的土壤中，吃农作物和野生植物，能传染鼠疫。也叫大眼贼。　②铁马：披铁甲之马，《文选·陆倕〈石阙铭〉》：“铁马千群，朱旗万里。”李善注：“铁马，铁甲之马。”　③黄羊：一名贵羊种之一。毛黄白色，腹下带黄色，故名。生活在草原和沙漠地带。又东汉阴识因用黄羊祭灶致富，后世即用以表示祭灶的供品。

解说

陈孚（1259～1309），字刚中，浙江台州临海人。

明安驿在今内蒙古境内，为元大都往元上都必经之驿站。据今人考证，在小红城子东北约五里的马神庙村附近。红城子在今内蒙额济纳旗。

此诗为七言绝句，写秋天的草原，正是白云飞渡、沙鼠正肥的时候，连老者有了打猎的兴趣。诗既写景又写人，“草深鼠肥”，寓示着正是狩猎的大好时机。

钱舜举禾鼠图　元·袁桷

七尺身长愧负多，清时空食几囷禾①？
营营苍鼠才分寸②，不奈诗人总谴诃③！

注释

①囷（qūn）：圆形谷仓。　②营营：终日忙碌，劳而不休貌。《庄子·庚桑楚》："全汝形，抱汝生，无使汝思虑营营。"钟泰《发微》："营营，劳而不知休息貌。"　③谴诃（qiǎn hē）：责备。

解说

袁桷（1266～1327），字伯长，号清容居士，庆元鄞县（今浙江宁波市鄞州区）人。大德元年(1297)，荐为翰林国史院检阅官，升应奉翰林文字，同知制诰，兼国史院编修官。请购辽、金、宋三代遗书，以作日后编三史的史料。延祐年间(1314～1319)，迁待制，任集贤直学士、翰林直学士，知制诰同修国史。至治元年(1321)迁侍讲学士。

题中"钱舜举"即钱选，字舜举，号玉潭、霅川翁、习懒翁，湖州（浙江吴兴）人，南宋景定间乡贡进士，善画人物、山水、花鸟。

这是一首与前诗相同的题画诗，但其立意有特殊之处，在于反问人类，宽恕老鼠。诗中说：作为七尺男儿的人们，愧负于社会的地方蛮多，平平白白吃空了许多仓里的粮食。成群结党的老鼠只有几寸长，能吃掉多少？可是世人老是对它们不断谴责、谩骂，这难道公平吗？这种逆向思维的方式，在诗词中颇为少见。

题钱舜举禾鼠图　元·柳贯

华黍如云兆岁功，尚嫌鼠穴未能空。
今朝试举迎猫祭，直想西成八蜡通①。

注释

①西成：秋季庄稼成熟，语出《尚书·尧典》："平秩西成。" 八蜡：上古农事完成后在岁末举行的祭礼。《礼记·郊特牲》："四方不成，八蜡不通。"郑玄注说，蜡祭有八种神，"猫虎"是其中之一。

解说

柳贯(1270～1342)，字道传，自号乌蜀山人，婺州浦江(今属浙江)人，曾任江山教谕。至正二年(1342)起为翰林待制兼国史院编修官。

这是题同一幅画的七绝诗，立意与前面两首又有不同。诗中说：虽然粮食大丰收了，但遗憾的是鼠患未能消除。现在应该举行迎猫仪式，希望通过八蜡典礼，让猫儿发挥捉鼠神威。

饥鼠行 明·龚诩

灯火乍熄初入更，饥鼠出穴啾啾鸣。啮书翻盆复倒瓮，使我频惊不成梦。狸奴徒解夸衔蝉①，但知饱食终夜眠。痴儿计拙真可笑，布被蒙头学蝉叫。

注释

①狸奴：猫的雅号。 衔蝉：猫的别名，因其爱上树抓蝉。明王志坚《表异录》言后唐琼花公主养了两匹猫，有一匹名叫"衔蝉奴"。

解说

龚诩（1381～1469），字大章，五开卫（今贵州黎平）人。原隶军籍，明太祖洪武二十八年（1395）调守南京金川门。建文年间，燕王朱棣起兵夺位；龚诩改名王大章，逃匿常熟，以卖药授徒为生。

这是一首情趣浓郁的七言古风诗，每两句一韵，平韵仄韵交替。前面四句描写老鼠的猖狂，后面指责猫的失职。诗中说：灯刚熄灭，饥饿的老鼠就跑出来啾啾地叫，翻盆倒罐，使人睡不着觉。后面四句说家里的猫，平时逞能上树衔抓鸣蝉，晚上只知呼呼睡大觉，对鼠放纵。我那可爱的小儿子想激起猫的警觉，竟用被盖蒙着头学着鸣蝉的叫声。就全诗看，明责猫的失职，暗有讽人之意。

黄鼠 元·许有壬

北产推珍味，南来怯陋容①。
瓠肥宜不武②，人拱若为恭③。
发掘怜禽狝④，招徕或水攻⑤。
君毋急盘馔，幸自不穿墉⑥。

注释

①北产、南来：北方黄鼠可食，人称珍味；南方人却害怕它丑陋的形象。②瓠肥：如同瓠瓜般肥壮。 不武：没有什么武力。 ③人拱：黄鼠见人时，后脚站立，前爪似对人拱手。 ④禽狝（xiǎn）：包围狩猎。“禽”借作“擒”。狝：杀。禽狝即禽杀。唐韩愈《送郑尚书序》：“至纷不可治，乃草剃而禽狝之，尽根株痛断乃止。” ⑤水攻：用水灌穴猎取。 ⑥墉（yōng）：高壁。《说文》：“墉，城垣也。”此处用作墙壁。

解说

许有壬(1286～1364)，字可用，彰德汤阴(今属河南)人。延祐二年(1315)进士及第，授同知辽州事。后任中书左司员外郎；又任集贤大学士，改枢密副使、中书左丞。

这首五律诗，前三联皆为对仗句，极重文采。主题是描写田野中的黄鼠，成为人们捕食对象，有怜惜之意。首联说北方人食鼠，南方人不习惯。颔联描写黄鼠形态；颈联叙述捉鼠方式；尾联说黄鼠并不穿墙破壁侵扰居民，不要急着去准备盘碗餐食。

新店道中　元·王冕

黄桑叶落雁声号①，野鼠蹲沙北马骄。
万里山河秋渺渺，一天风雨夜萧萧②。
客怀到此何由壮？酒兴于人自觉饶。
早起梳头对明镜，不愁双鬓雪飘飘③。

注释

①黄桑：桑树将落叶。唐杜甫《北征》诗："鸱鸟鸣黄桑，野鼠拱乱穴。"仇兆鳌注："《诗》：'桑之落矣，其黄而陨。'"　②萧萧：状风雨凄清之声。宋王安石《试院中五绝句》之五："萧萧疏雨吹檐角，噎噎暝蛩啼草根。"③鬓：耳旁头发。

解说

王冕(1287～1359)，字元章，号竹斋，别号梅花屋主，浙江诸暨枫桥人。自幼好学，白天放牛，晚借佛殿长明灯读书，终成通儒。诗多描写田园生活，同情人民疾苦，谴责豪门权贵，轻视功名利禄。一生爱好梅花。其书法、篆刻自成风格。有《竹斋诗集》传世。

此诗为七律，写秋天景象。黄桑叶落，北雁南飞，野鼠蹲沙，胡马骄嘶，正是一幅秋色图画。长途迁客羁旅，对此秋风夜雨，情怀何由而壮？不过倒可添人酒兴。尾联有不虚此行之意。

（何焱林补注）

读瀛海喜其绝句清远因口号数诗示九成　元·张翥

客窗昨夜北风高，犹似乘船海上涛。
明发先宜觅貂鼠，唤人来作御寒袍。

解说

张翥(1287～1368)，字仲举，晋宁（今山西临汾）人。随著名文人李存、仇远学习，诗文出色，渐有名气。至正初年(1341)任国子助教，后升至翰林学士承旨。

此诗为七言绝句，主要讲天气忽然转寒，只有觅得貂鼠之皮，方好做御寒之袍。鼠之皮毛对人制衣看来也有一些好处。

和胡士恭滦阳纳钵即事韵 元·贡师泰

荞麦花深野韭肥①，乌桓城下客行稀②。
健儿掘地得黄鼠③，日暮骑羊齐唱归。

注释

①野韭：草名。叶似韭，茎贴地横生，草原多见，牛羊喜食。 ②乌桓：北方部落名。汉初，为匈奴所灭，后又复起，再为曹操所灭。其领地在今山西、内蒙一带。 ③健儿：在此当指孩子，骑羊者绝非大人，唐李益《六州胡儿歌》有“十岁骑羊逐沙鼠”诗句可证。 黄鼠：又名礼鼠，产于沙漠和草原，掘穴而居。见人站立如拱，又称拱鼠，体肥大，可供食用。

解说

贡师泰（1298～1362），字泰甫，宣城（今属安徽）人。元泰定四年（1327）进士，授从仕郎、太和州判官，改徽州路歙县丞，除绍兴路总管府推官。为官勤理政，善断狱。后迁宣文阁授经郎，历翰林待制、国子司业，擢礼部郎中，再迁吏部，拜监察御史、两浙都转运盐使，除户部尚书。

诗题称此为和友人胡士恭之作，“纳钵”为契丹语译音，即国君的行营。“滦阳”治所在今河北迁西西北。故胡应为元代随君官僚。据现存道士张雨（1283～1350）诗札称：“胡士恭自北来，旦夕亦去”，则此人与文人交往亦密。

这首七绝诗并非专门咏鼠，但反映出黄鼠的生活环境与人类的关系。

诗中描写正在荞麦花盛、野韭草肥的季节，乌桓城下行人稀少。牧羊娃挖得黄鼠，趁着夕阳的余晖，骑着羊，唱着歌，高高兴兴地回去了，俨然如一幅北方原野的风俗画。

松鼠葡萄画　元·贡性之

猥似猕猴捷似猱①，栗梢走过又松梢②。
紫萄若使知滋味，一日能来一百遭。

野鼠公然不避人，立当高树竟忘身。
世间嗜欲多如此，寄语园丁莫浪嗔。

注释

①猥（juàn）：疾跳。　猱（náo）：猴的一种，身体轻捷，善攀援。②栗：落叶乔木,果实叫栗子,果仁味甜,可食。木材质坚,供建筑和制器具用，可供鞣皮及染色，叶可喂柞蚕。

解说

贡性之，字友初（一作有初），宣城(今属安徽)人，为贡师泰之侄。除簿尉，有刚直名；后补合省理官，入明不仕。

这是两首题画的七绝诗，画面上是松鼠和葡萄。第一首说：松鼠的跳跃敏捷得好像猿猴，从栗树梢跳到松树梢。好在它不知道紫色葡萄的滋味，如果知道了每天会来偷吃一百回。第二首说：山野的松鼠居然不回避人，立身于高树之上，飘飘然忘记了自己身为何物。大凡世间贪嗜的欲望都是这样，希望园丁们不要过分见怪。此诗显然有世情讽喻之意。

为贾廷言题沈士偁画枇杷双鼠　明·吴宽

古诗三千兼刺美，孔笔不曾删《相鼠》①。《齐谐》志怪到张华②，

《博物》应疑“鼠有牙”③。《虫鱼注》成非磊落，韩子作诗讥郭璞④。后来《埤雅》亦何为？中有《鼠谱》烦农师⑤。鼯鼬鼱鼷本同族，散在人家称“小畜”⑥。画图此种栗鼠否？竹鼺野处同其俦⑦。纷纷恣食高廪米，昼伏穴中那有体⑧。一前一却夸委蛇⑨，李斯为汝误已多。暖风吹林金颗颗，独在江南饱珍果⑩。永州事败无孑遗，甘与鹪鹩守一枝⑪。

注释

①孔笔：指孔子删《诗》《书》事。　相鼠：《诗经·鄘风》的一篇，以老鼠为喻，孔子没有删除。　②齐谐：上古书名，后已失传。《庄子·逍遥游》言其为“志怪”之书。　③博物：即晋代张华《博物志》。　鼠有牙：《诗经·召南·行露》中的一句。　④韩子作诗：唐代韩愈有《读皇甫湜公安园池诗书其后》诗，批评晋代郭璞《尔雅虫鱼注》的繁琐：“尔雅注虫鱼，定非磊落人。”　⑤鼠谱：北宋陆佃《埤（pí）雅》的一部分。　农师：陆佃的号。⑥鼯（wú）：俗称飞鼠，前后肢间有膜，可以滑翔。　鼬（yòu）：俗称黄鼠狼。　鼱（jīng）：小鼠。　鼷（xī）：小家鼠。　小畜（☴☰）：《周易》六十四卦之一。本与鼠无关，此处为双关戏语，称鼠为小牲畜。　⑦栗鼠：松鼠。陆游《山寺》诗：“林深栗鼠健，屋老瓦松长。”宋罗愿《新安志·物产》：“鼠之丰尾者曰栗鼠，亦曰松狗。”　竹鼺（liú）：即竹鼠。　⑧高廪：廪，仓廪；高廪即高仓，官仓。那有体，即白昼形体隐藏，不见其状，则拘体也。　⑨委蛇：前后顾盼。　⑩李斯句：《史记》载秦李斯少时，曾经观察过厕中鼠和仓中鼠的不同处境，认为一个人地位很重要；结果他晚年因高位而倾危，实际上为这种认识所误。　⑪永州句：柳宗元有文记永州某氏，因属鼠而纵容老鼠，他家中老鼠成堆。后来房屋易主，新房主采取各种手段，终于将老鼠大量消灭，使之没有孑遗。　鹪鹩一枝：鹪鹩，小鸟名，以麻毛为窝，系于树枝。鹪鹩栖息在林中，要求不过一枝而已。《庄子·逍遥游》：“鹪鹩巢于深林，不过一枝；偃鼠饮河，不过满腹。”

解说

吴宽(1435～1504)，字原博，号匏庵，直隶长州（今江苏苏州）人。成化八年(1472)会试、廷试获第一，为明朝苏州第二位状元。后入翰林，授修撰。进少詹事兼侍读学士。弘治八年（1495）升吏部右侍郎；弘治十六年（1503）升礼部尚书，工诗文，善书法。

诗题中所称沈士偁，为明代山水画家，亦工花鸟。贾廷言是图画的拥有者，事迹不详。

这首七言古风每两句一换韵，平韵和仄韵交替使用，结构新奇。虽是题画诗，但以古风体裁罗列了许多关于老鼠的资料掌故；后半部分才结合画上两只一前一后的栗色鼠，想吃金色枇杷的画面。中间仍然穿插李斯和永州的典故，最后指出老鼠的讨厌在于贪欲，应该向安分守己的鹪鹩学习，借题枇杷双鼠诗以喻人事。

银鼠 清·张劭

杏山特产耀灵鼯①，猎网追风捕几何②。
窜地捷于逃月兔③，跳空亮比掷星梭④。
松林溜粉宵还避⑤，雪窖辉争冷却过⑥。
总为微名夸世宝，新来官服借伊多⑦。

注释

①杏山：山名，在辽宁锦县西南。　耀：炫耀。　灵鼯（wú）：指银鼠。②追风：追逐像风一般奔逃的银鼠。　几何：几个。　③窜地：地上逃窜。月兔：月中的玉兔。　④星梭：流星。　⑤溜粉：形容银鼠溜过像粉一样。⑥辉争：白色的银鼠与雪争辉。　⑦伊：指银鼠，皮可供作官服。

解说

张劭，字博山，号荻岸散人（一作山人），浙江嘉兴人。康熙二十年（1681）前后在世。曾撰小说《平山冷燕》。

这首七律诗，以赋体专咏银鼠。银鼠类似鼬，毛短，色洁白，产于东北山林。诗中全面细致地描述了银鼠的生活状态和实用价值。

颔联写银鼠之跑与跃，跑比兔还迅捷；跳到空中，因其白，所以亮，因其高与速，所以流星一样高渺且一闪而过。

颈联写银鼠之白，夜来天黑，万物不见踪影，即使在月夜，也只能略见轮廓，但银鼠太白，虽在微光中，仍不免为其他动物发现，故须“宵还避”；银鼠之白，到了雪窖里也能与之争辉，但也败下阵来，因为雪窖之寒冷银鼠却总是比不过的。

尾联乃诗人之慨叹，银鼠虽有跑、跳之奇技，有比雪更白的皮毛，夜间也能趋避敌手之凌虐。然而却为微名所累，正因为夸为世间之宝，却引来杀身大祸，那众多新官服上之块块亮白的皮毛，不正是银鼠遭劫，为微名所累的证据？

鼠寿三百岁 清·王广业

物亦登眉寿，驱车鼠径探①。比龄人满百②，同穴鸟呼三③。子日祥钟北，庚星采耀南④。撚须诗篇颂，尚齿礼仪谙⑤。社树餐松实，河流饮菊潭。彩工垂芾舞⑥，老戒取河贪⑦。牛角珍羞粻⑧，鸡窠远祖龛。豹纹臻上瑞⑨，组甲武功戡⑩。

注释

①眉寿：高寿。题语出《抱朴子》：“鼠寿三百岁。满百岁则色白，善凭人而卜，名曰仲；能知一年中吉凶及千里外事。” ②比龄：鼠寿三百岁，比如人的寿满百岁。 ③同穴：甘肃有鸟鼠山，鼠鸟同穴。《尔雅·释鸟》：“鸟鼠同穴，其鸟曰鵌，其鼠曰鼵。” ④子日：地支“子”配属为鼠。 钟北：子支五行属水，而水的方位为北。 庚星：南极老人星。 ⑤撚（niǎn）：字亦作“捻”，搓动。联系到鼠须可以制毛笔。 尚齿：《诗经·相鼠》言鼠尚有齿，人怎么能够缺失礼仪？ 谙（ān）：熟悉。 ⑥菊潭：《水经注·湍水》言饮菊水者长寿。 彩工：取老莱子年纪很大，却穿着彩衣跳舞娱亲。 芾（fú）：通“韨”。上古礼服上的蔽膝，垂于前面的一片。这里隐含《诗经·候

人》“三百赤芾”的典故，暗藏“三百”二字。 ⑦河贪：《庄子·逍遥游》有“鼹鼠饮河，不过满腹”之语，告诫人们不要贪得，河水虽多，鼹鼠喝满一肚子，也只有那么一点点。 ⑧牛角：《左传》记有“鼷鼠食郊牛角”，鼷鼠以牛角为美味，以寄居为家。 粻（zhàng）：粮食。 ⑨豹纹：史载汉武帝得鼮（tíng）鼠，带有豹纹，以为祥瑞。上瑞：无上的祥瑞。 ⑩组甲：绳穿甲片，指武装。《管子》：“组甲厉兵。” 戡：平定叛乱。

解说

王广业，原名佐业，字子勤，江苏泰州人，道光三年（1823）进士。以户部主事用，迁兵部郎中，补军机章京，善持大体，有《海陵竹枝词》《有味斋骈体文笺》等传世。

这首诗录自清代试帖诗，为科举考试中规定的诗体，凡八韵，十六句。由试官出题、限韵。题目多为前人诗句或文句，要求格律严谨，形似排律。诗从破题开始，对鼠的性格、行为、故实，着力铺陈描述。最后以汉武帝得豹纹鼠以为上瑞，获取武功胜利为结语。语言多用僻典，此为试帖诗的特点。

空墙无穴鼠嫌贫 清·佚名

莫怪亲朋少，贫家鼠亦嫌①。徜从墙下窜，肯向穴中潜。
黍麦安能给？莓苔久尚粘。无声来聒梦，有技便趋炎。
邻舍灯光隔，尘埃画意添。九年吾着面，一夕汝难淹②。
见蝎聊篝火③，迎猫漫裹盐④。书生堪自贺，完璧案头籤⑤。

注释

①句出元好问《怀秋林别业》诗：“高树有巢鸠笑拙，空墙无穴鼠嫌贫。” ②九年：指多年。 淹：久留。 ③见蝎：语出韩愈《送文畅师北游》：“照壁喜见蝎。”祝充引《酉阳杂俎》：“江南旧无蝎。开元初，有一主簿，竹筒盛过江，今江南往往有之，俗呼为主簿虫。”“苏内翰（轼）《闻骡驮试笔》：‘余谪居黄州五年，今日离泗州北行，岸上骡驮声空笼，意亦欣然，盖不闻此

声久矣。’退之照壁喜见蝎，不虚语也。又《岭南归》云‘已脱问鹏之变，行有见蝎之喜’，皆取诸此。”意为蝎虽恶物，但远在他乡，许久不见，今睹旧物，见之如故人，亦喜也。有聊胜于无之意。洪兴祖《韩子年谱》：“‘照壁喜见蝎’，甚言北归之乐也。” ④裹盐：买盐。唐柳宗元《柳州峒氓》：“青箬裹盐归峒客，绿荷包饭趁虚人。”青箬指箬竹之叶，因其叶大，常用以裹物。青箬亦作青篛。广西柳州旧俗，盐用箬竹叶裹好卖与买盐者。“裹盐”一如川方言称“秤盐”“打油”之类。“峒“指广西少数民族峒族，今“峒”作“侗”。 迎猫：宋陆游《赠猫》：“裹盐迎得小狸奴，尽护山房万卷书。惭愧家贫策勋薄，寒无毡坐食无鱼。”小狸奴即小猫。旧俗，售盐者亦常卖猫。⑤籖：指古书。

解 说

此诗亦为清代试帖诗。其特点为据题意而铺陈文字。诗的大意为：莫怪亲朋不来，老鼠都嫌我穷，纵从墙下过，也不肯在洞穴中停留。我无麦黍供它吃，连一晚上都不肯留下来。唯一可以自慰的，是案上的书因无鼠咬而保存完好。这首诗表现了书生的安贫乐道的生活态度，语言顺畅，比较生动。

（何焱林补注）

鼷鼠篇 清·董文涣

鼷鼠食牛①，维口实甘。角之觩觩②，爰饱爰馋。岂不觳觫③，乃饵以恬④。匪惟忘苦⑤，反嬉而恬。一恬一啮，用售其贪。牛身如叶，鼠口如蚕。茧栗有尽，果腹未厌。剥肤孔亟，以痛厥肝。牟焉长号⑥，命随一斩。嗟尔利口，君子何堪？履霜有始⑦，由来者惭。夫焉处之？不恶而严⑧。

注 释

①鼷（xī）鼠：一种小鼠，长不过三寸。《左传》言鼷鼠食郊牛角。 ②觩（qíu）觩：角上翘貌。 ③觳觫（hú sù），恐惧得发抖。 ④饵：以食饵引

诱。 餂：同“舔”，以舌舔物。 ⑤匪：即“非”字。 ⑥牟：牛叫声。长号：长时间哀嚎。 ⑦履霜：《周易·坤》：“履霜坚冰至。”因履霜而知坚冰将至，意为须防患于未然。 ⑧恶（wù）：厌恶。 严：严肃地对待。

解说

董文涣(1833～1877)，字尧章，号研秋、研樵，山西洪洞杜戍村人。清代诗律学家。咸丰六年(1856)进士，授翰林院检讨。同治五年(1866)，授甘肃甘凉兵备道。

这首四言古诗专咏鼷鼠，描写小小的鼷鼠，居然敢蚕食庞大的牛，最后令牛身形如叶，锥心长号，命悬一线。作者借此说明小人之可畏，君子也奈何不了。作者告诫大家，对待世上小人，不要仅仅厌恶，掉以轻心，而要严肃对待。

古代涉鼠词曲

倾杯　宋·柳永

水乡天气，洒蒹葭①、露结寒生早。客馆更堪秋杪②。空阶下、木叶飘零，飒飒声干③，狂风乱扫。当无绪、人静酒初醒，天外征鸿，知送谁家归信④，穿云悲叫。　蛩响幽窗⑤，鼠窥寒砚，一点银釭闲照⑥。梦枕频惊，愁衾半拥⑦，万里归心悄悄。往事追思多少。赢得空使方寸挠⑧。断不成眠，此夜厌厌，就中难晓⑨。

注释

①蒹葭：蒹为未长穗之芦苇；葭为初生芦苇，亦泛指芦苇。　②秋杪(miǎo)：季秋。杪为木之末，故称。唐彦谦《初秋到慈州冬首换绛牧》诗："秋杪方攀玉树枝，隔年无计待春晖。"霜已降，霜降为秋天最末节气。　③声干：声音相干犯，即一声未歇一声又起。　④句用苏武鸿雁传书典。归信此指归家之音信。　⑤蛩（qióng)：此指蟋蟀。　⑥银釭（gāng)：釭即灯，银釭为灯之美称。或白色灯盏、烛台。南朝梁元帝《草名》诗："金钱买含笑，银釭影梳头。"　⑦衾（qīn)：大被盖。　⑧方寸：心，心绪。晋葛洪《抱朴

子·嘉遁》："方寸之心，制之在我，不可放之于流遁也。" 悄悄：忧愁伤怀。《诗·邶风·柏舟》："忧心悄悄，愠于群小。" ⑨厌厌（yān yān）：倦殆慵困，百无聊赖貌。

解说

柳永（约987～1053），字耆卿，崇安（今福建武夷山）人。宋仁宗时进士，官至屯田员外郎，世称柳屯田。由于他的《鹤冲天》词传到禁中，仁宗以为口实，批示说："且去浅斟低唱，何要浮名？"乃自称"奉旨填词柳三变"。

这首《倾杯》是柳永自度词牌，又称《倾杯乐》，由于唱腔不同，字句的长短有异，经常花样翻新。此词注作"黄钟羽"调。整个词的上片，叙述悲秋环境。老鼠的出场是在下片第二句，用一个"窥"字勾画出老鼠的动态，居然在银灯未熄的微光下，跳上书桌，想打砚台的主意。由此带出以下各句，描绘了夜半难眠的词人无奈心情。

（何焱林补注）

西园竹 宋·周邦彦

浮云护月，未放满朱扉①。鼠摇暗壁，萤度破窗，偷入书帏②。秋意浓，闲贮立、庭柯影里③。好风襟袖先知。　夜何其④。江南路绕重山，心知谩与前期⑤。奈向灯前堕泪，肠断萧娘⑥，旧日书辞。犹在纸。雁信绝⑦，清宵梦又稀。

注释

①朱扉：红漆门扉。南朝陈徐伯阳《日出东南隅行》："朱城璧日启朱扉，青楼含照本晖晖。" ②书帏：书房。唐杜甫《雨》诗之二："高轩当滟滪，润色静书帏。" ③庭柯：庭院中树。晋陶潜《停云》诗："翩翩飞鸟，息我庭柯"。 ④何其：何等，怎样？《左传·僖公十五年》："二三子何其慼也！" ⑤谩与："谩"通"漫"，草率应付。宋王安石《纯甫出僧惠崇画要予作诗》："金坡巨然山数堵，粉墨空多真谩与。" 前期：先前之约定。唐白居易《梦

仙》诗："空山三十载，日望辎軿（píng）迎。前期过已久，鸾鹤无来声。" ⑥萧娘：女子泛称。《南史·梁临川靖惠王宏传》云："（萧）宏受诏侵魏，军次洛口，前军克梁城。宏闻魏援近，畏懦不敢进。魏人知其不武，遗以巾帼。北军歌曰：'不畏萧娘与吕姥，但畏合肥有韦武'。"歌谓萧宏怯懦如女子。后遂以萧娘称女子。 ⑦雁信：书信。典出《汉书·苏武传》："昭帝即位。数年，匈奴与汉和亲。汉求武等，匈奴诡言武死。后汉使复至匈奴，常惠请其守者与俱，得夜见汉使，具自陈道。教使者谓单于，言天子射上林中，得雁，足有系帛书，言武等在某泽中。使者大喜，如惠语以让单于。单于视左右而惊，谢汉使曰：'武等实在。'"

解说

周邦彦（1056～1121），字美成，号清真居士，钱塘（今浙江杭州）人。历官太学正、庐州教授、知溧水县等。徽宗时为徽猷阁待制，提举大晟府。他精通音律，曾创作不少新词调。作品格律谨严，语言典丽清雅，长调尤善铺叙。词牌《西园竹》，亦作《四园竹》，双调七十七字，上片八句，三平韵，一仄韵；下片八句，四平韵，一仄韵。

这是一首秋夜怀人之作。起韵两句，先说夜景。次韵两句"鼠摇暗壁，萤度破窗"对仗，上句是耳闻之声，下句是目睹之情，一齐偷入书帏。暗壁的鼠声，在这里钩出一片萧索和凄清。整首词情绪起伏跌宕，写出一种怀念乡国、思念情人的哀愁。

（何焱林补注）

清平乐·独宿博山王氏庵　宋·辛弃疾

绕床饥鼠，蝙蝠翻灯舞。屋上松风吹急雨，破纸窗间自语。
平生塞北江南，归来华发苍颜。布被秋宵梦觉，眼前万里江山。

解说

辛弃疾（1140～1207），字幼安，号稼轩，历城（今山东济南）人。二十一岁参加抗金义军，不久归南宋，历任湖北、江西、湖南、福建、浙东安抚使等职。词牌《清平乐》，又名《清平乐令》《醉东风》《忆萝月》，双调四十六字，八句，前片四仄韵，后片三平韵。题中博山位于山东中部，淄博市西南端，是山东半岛城市群的重要组成部分。

全词仅有8句话46字，但将夜宿寒庵的凄凉景象，描绘得如在眼前。开头一句就说，夜出觅食的饥鼠在绕床疾行，陪衬着它的，是在室内围灯翻飞的蝙蝠，而屋外风雨交加，破裂的糊窗纸，风吹作响，好像在自言自语。老鼠在词中，成为词人壮志难酬暮年晚境的重要陪衬。

西厢记诸宫调·迎仙客 金·董解元

宜澹玉，称梅妆，一个脸儿堪供养。做为挣，百事抢，只少天衣，便是捻塑来的观音像。除梦里，曾到他行。烧尽兽炉百和香，鼠窥灯，偎着矮床。一个孽相的蛾儿，绕定那灯儿来往。

解 说

董解元，其名、字、号、籍贯、生平均不详，约为金章宗完颜璟时（1190～1208）人。解元是当时读书人之通称。唐宋时凡举进士者，皆由州县地方推荐发送入京，称为“解”。后来便称乡试第一名为“解（jiè）元”。

按，董解元《西厢记诸宫调》，是现存唯一完整的诸宫调作品，又称《董西厢》，所写的是书生张珙和相国千金崔莺莺之间的爱情故事。为了适合戏剧的演出，王实甫把它重新调整，改编为元曲《西厢记》，脍炙人口。

《迎仙客》是宫调中一个曲牌。这里所选的内容，主要是对莺莺形神的描绘。前半阕形容人的美貌，后面则是环境的烘托。老鼠在淡弱的灯光下，悄悄在矮床边上打转。伴随老鼠的是扑灯蛾，兀自围绕灯光翻飞。这幅图景，刻画出美人心境的凄凉，其象征含义丰富而朦胧。在这里，老鼠和扑灯蛾的行为，成为特定人生状况的象征。艺人按此说唱，能使听众对这种人生状况进入反思的窗口。

（冯广宏补充）

古代涉鼠赋

剧鼠赋　东魏·卢元明

蹠实排虚①，巢居穴处；惟饮噬于山泽，悉潜决于林檗②。故寝庙有处，茂草别所③；矧乃微虫，乖群异侣；干纪而进④，于情难许。《尔雅》所载，厥类多种⑤；详其容质，并不足重。或处野而隔阴山，或同穴而邻嶓冢⑥；或饮河以求饱腹，或噏烟而游森耸⑦。然今者之所论，出于人家之壁孔。

嗟乎在物，最为可贱。毛骨莫充于玩赏，脂肉不登于俎膳⑧，故淮南轻举，遂呕肠而莫追⑨；东阿体拘，徒称仙而被谴⑩。

注释

①蹠（zhí）实排虚：泛指鼠有的可走，有的可飞。《淮南子·原道训》："鸟排虚而飞，兽蹠实而走。"　②饮噬（shì）：喝水咬食。　潜决：暗地咬啮。　林檗（bò）：即林薄，檗为薄之同声假借。草木生长茂密之所。《楚辞·九章·涉江》："露申辛夷，死林薄兮。"王逸注："丛木曰林，草木交错曰薄。"按：檗当是薄之借，檗在广韵入声21部，以k收声，薄在广韵入声19

部，以k收声，二字元音极相近。檗在平水韵入声19部陌韵，薄在平水韵入声18部药韵，为紧邻韵。檗，今音读bò，为去声，薄今读bó，为阳平声，那是因为入派三声之故，在川方言中，二者皆读阳平调。故无论古今，皆可因音近而通假。而蘖（niè）在广韵入声12部，以t收声，在平水韵为7曷韵。故蘖无论形、声，皆与檗不能通假。 ③寝庙：古代宗庙，前殿称庙，后殿称寝。鼠在其中人不敢捕捉，害怕惊扰祖宗，故下文说是“有处”。 别所：鼠的另一种居处。 ④矧（shěn）：况且。 微虫：微不足道的东西。 乖群：别扭的群体。乖，为乖戾之意。 异侣：怪异的一伙。 干纪：违犯法纪。语出《左传·襄公十三年》：“干国之纪，犯门斩关。” ⑤《尔雅》：最早解释词义的专著，其中载录鼠类有12种之多。 厥类：其类。 ⑥阴山：在宁夏，多鼠。 嶓冢：山名，在陕西。《禹贡》载其地有鸟鼠同穴之山。 ⑦饮河：即鼷鼠饮河的典故。出自《庄子·逍遥游》“偃鼠饮河，不过满腹”。 噏：同“吸”。 森耸：高耸的森林。此句指“食烟栖林”的鼫鼠。 ⑧俎（zǔ）膳：指餐桌。俎为肉案；膳为饭食。此句指鼠的油和肉不能登于高雅的饭桌。 ⑨淮南轻举：相传西汉淮南王刘安修道飞升。《神仙传》：淮南王刘安得道，鸡犬俱随之升天。轻举为轻身飞举之意。 呕肠：仙人唐公房的故事。《博物志》：“唐房升仙，鸡狗并去，唯以鼠恶，不将去。鼠悔，一月三出肠。”唐公房又作唐房，是汉代陕西汉中人，升仙时鸡犬一起上天，但老鼠体态丑陋，被仙人谴弃，很是追悔，每月要三次呕出肠子来替换。 ⑩东阿：三国魏曹植，曾被封东阿王，故人称“东阿”；但曹植并无身体拘挛记录，亦无称仙被谴之事。此二语不知引用何典。

其为状也，憯惔咀吁，睢离睒睗①；须似麦穗半垂，眼如豆角中劈；耳类槐叶初生，尾若杯酒余沥。乃有老者，羸髋疨瘠②，偏多奸计，众中无敌。托社忌器③，妙解自惜；深藏厚闭，巧能推觅。或寻绳而下，或自地高掷；登机缘柜，荡扉动帘；忉忉终朝，轰轰竟夕④。是以诗人为辞，实云其硕；盗干汤之珍俎，倾留髡之香泽⑤。伤绣领之斜制，毁罗衣之重袭⑥。曹舒由是献规，张汤为之被谪⑦。

亦有闲居之士，倦游之客，绝庆吊以养真素，摈左右而寻《诗》

《易》[8]。庭院肃清，房栊虚寂。尔以群鼠乘间，东西擲掷。或床上捋髭，或户间出额；貌甚舒暇，情无畏惕。又领其党与，欣欣奕奕；攲覆箱奁，腾践茵席[9]。共相侮慢，特无宜适。嗟天壤之含弘[10]，产此物其何益？

注释

①憯惔（cǎn tán）：忧惧状。 咀（jū）吁：小声自语，形容鼠叫。 睢（huī）：仰视。 离：芜杂之状，犹言陆离、弥离。 睒睗（hǎn shì）：暗窥，目光闪烁。 ②老者：戏指老鼠，因鼠有“老”名。 羸（léi）：体弱。 赜（kuì）：脸瘦见骨貌。 痟（xìn）瘠：病态瘦削。 ③社：上古土地宗庙。 器：器物。鼠穴于庙，掘鼠必然毁庙；鼠近于器，打鼠将会伤器；皆有所顾忌。按《太平御览》引文“托社”作“社托”。 ④帟（yì）：小帐幕。 忉（dāo）忉：忧心。 轰轰：响声。 ⑤实云其硕：古代诗人在《诗经》里留下“硕鼠”之诗。 干汤：拜访成汤。指伊尹背负装有美食的鼎俎，去游说成汤的故事。 珍俎（zǔ）：珍美食物。 倾：慕。 留髡：借用淳于髡的自白，《史记·淳于髡传》记淳于髡对齐威王说：“日暮酒阑，合尊促坐。男女同席，履舄交错。杯盘狼藉，堂上烛灭，主人留髡而送客。罗襦襟解，微闻香泽。当此之时，髡心最欢，能饮一石。” ⑥斜制：古人衣领倾斜，绣制花边。 重袭：一件又一件。此二句指鼠常常毁坏衣物。 ⑦曹舒：即三国时曹冲（196~208），字仓舒，因此简称曹舒。他曾故意说衣服被鼠咬，以解救马鞍被咬的管库者。 张汤：汉武帝时之刑狱官。幼时，其父令他看家，鼠偷吃家中之肉，受到父亲的责打。 ⑧诗易：《诗经》《易经》。此处泛指经籍。 ⑨欣欣奕奕：形容老鼠得意猖狂之状。 攲（qī）：弄歪。 覆：弄翻。 奁（lián）：小匣子。 茵席：褥垫；草席。 ⑩嗟：叹息。 天壤：天地。 含弘：包容宏大。

解说

卢元明，字幼章，东魏范阳涿县人。临淮王彧引为开府属。孝武帝即位，封城阳县子，迁中书侍郎，永熙末年（约533）去职。天平年间（534～537）兼任吏部郎中，拜尚书右丞；转散骑常侍，监起居注；兼黄门郎、本州太中正。卒赠太常卿。其赋多为有感而发。《剧鼠赋》就是借物喻人，以讥刺世态。赋文巧妙地借鼠讽世，形式诙谐，立意典正，直斥现实。

《剧鼠赋》把老鼠的特征描绘得惟妙惟肖。如"须似麦穗半垂，眼如豆角中劈。耳类槐叶初生，尾若酒杯余沥"；"或寻绳而下，或自地高掷。登机缘楹，荡扉动帘"；"或床上捋髭，或户间出额。貌甚舒暇，情无畏惕"，正如西北师范大学伏俊琏教授所论："写鼠之性能，简而能赅；写鼠之形貌，揣侔甚巧；写鼠之意态，读之解颐。"

《剧鼠赋》具有较强的社会意义，实际上是讥刺当时社会现实的作品。正如中国社会科学院文学研究所曹道衡在《北朝辞赋》中所论，北魏孝明帝元诩即位(516)以后，朝政日乱，有些文人就利用辞赋的形式来发愤抒情，这一篇是其中比较杰出的作品。

(李之正注)

永某氏之鼠　唐·柳宗元

永有某氏者①，畏日，拘忌异甚②。以为己生岁值子；鼠，子神也，因爱鼠；不畜猫犬，禁僮勿击鼠。仓廪庖厨，悉以恣鼠③，不问。

由是鼠相告，皆来某氏，饱食而无祸。某氏室无完器，椸无完衣④。饮食，大率鼠之余也。昼累累与人兼行；夜则窃啮斗暴⑤，其声万状。不可以寝，终不厌。

数岁，某氏徙居他州。后人来居，鼠为态如故。其人曰："是阴类恶物也，盗暴尤甚，且何以至是乎哉！"假五六猫⑥，阖门，撤瓦灌穴，购僮罗捕之⑦，杀鼠如丘，弃之隐处；臭数月乃已。

呜呼！彼以其饱食无祸，为可恒也哉？

注释

①永：地名。永州，现在的湖南零陵县。　②畏日：怕犯日辰的忌讳而不

敢随意举动。 拘忌异甚：拘泥禁忌之事非常过分。 ③仓廪（lǐn）：谷藏曰仓，米藏曰廪。 庖厨：厨房。 恣（zì）：放纵。 ④椸（yí）：衣架。 ⑤兼行：并排行走。 斗暴：打架吵闹。 ⑥假：借用。 ⑦购僮：付出代价雇佣仆人。 罗捕：用罗网捕捉。

解说

柳宗元（773～819），字子厚，因官终柳州刺史，人称柳柳州、柳愚溪，祖河东解（今山西省运城市西南），世称“柳河东”。唐代文学家和思想家，与韩愈共同倡导古文运动，并称“韩柳”，为唐宋八大家之一。贞元九年（793）中进士，十四年登博学鸿词科，授集贤殿正字；一度为蓝田尉。因积极参与王叔文集团政治革新，迁礼部员外郎。永贞元年（805）九月，革新失败，贬邵州刺史、永州司马；在此期间，写下《永州八记》等文。元和十年（815）回京师，不久再贬柳州刺史。柳宗元诗多抑郁悲愤、思乡怀友之作；其散文论说性强，笔锋犀利。

这篇文章是柳宗元的寓言散文《三戒》之一。文章揭露那些钻空子肆无忌惮干坏事的人物，并隐约地把矛头指向纵鼠为患的房主。联系作者在永州的思想和处境来看，这篇寓言是针对自己的政敌而发的。开头写某氏行为的愚昧，引致鼠害。中段写后来者大力除鼠，与某氏妮鼠行为形成强烈对比。末两句发出意味深长的感叹，把深厚的现实生活内容带进寓言中。全文比喻形象生动，构思巧妙严谨，笔锋犀利，委婉生动，发人深省。

黠鼠赋 宋·苏轼

苏子夜坐，有鼠方啮，拊床而止之，既止复作[①]。使童子烛之，有橐中空，嘐嘐聱聱[②]，声在橐中。曰：“嘻！此鼠之见闭而不得去者也。”发而视之，寂无所有，举烛而索，中有死鼠。童子惊曰：“是方啮也，而遽死耶[③]？向为何声，岂其鬼耶？”覆而出之，堕地乃走。虽有敏者，莫措其手。

苏子叹曰：异哉！是鼠之黠也[④]！闭于橐中，橐坚而不可穴也。

故不啮而啮，以声致人；不死而死，以形求脱也。

吾闻有生，莫智于人。扰龙伐蛟，登龟狩麟。役万物而君之，卒见使于一鼠⑤。堕此虫之计中，惊脱兔于处女⑥。

乌在其为智也？坐而假寐，私念其故⑦。若有告余者曰：“汝惟多学而识之，望道而未见也。不一于汝，而二于物⑧；故一鼠之啮，而为之变也。人能碎千金之璧，不能无失声于破釜；能搏猛虎，不能无变色于蜂虿⑨。此不一之患也。言出于汝，而忘之耶？”

余俯而笑，仰而觉。使童子执笔，记余之作。

注释

①啮（niè）：咬。 拊（fǔ）：拍。 既止：已经停止。 ②橐（tuó）：袋。 嘐（jiāo）嘐聱（áo）聱：怪叫声。 ③方啮：刚才还在咬。 遽（jù）死：很快就死了。 ④黠（xiá）：狡猾。 ⑤有生：一切生物。 扰：驯服。 伐：击，刺杀。 登：取得。 狩：猎获。 役：役使。 君：统治，这里作动词用。 卒：最后。 见使：被使唤。 ⑥脱兔：突然逃脱的兔子，奔走极速。 处女：形容像处女一样沉静。 ⑦乌：怎么。 假寐：打盹。 私念：自己默念。 ⑧识（zhì）：记录。 不一于汝：倒装句，意为你不专一于道。 二于物：精神分散于外物。 ⑨失声：禁不住脱口而呼。 破釜：打破了锅。 蜂虿（chài）：胡蜂与毒虫。

解说

此赋表面上是描写一只狡猾的老鼠，实际上是借题发挥，一方面在调侃自己见多识广，在个人行动上却有许多无奈；一方面发挥哲理思维，以小见大；说明一鼠之黠，竟然能使役使万物的人类堕其计中，思考之余，才明白原来是“望道而未见也”。人如果能专一于道，不将心思分散于外物的诱惑，不就能明察秋毫了么？

（李之正补充）

却鼠刀铭　宋·苏轼

野人有刀，不爱遗余[①]。长不满尺，剑钺之余。文如连环，上下相缪[②]。错之则见，或漫如无。昔所从得，戒以自随。畜之无害[③]，暴鼠是除。有穴于垣，侵堂及室。跳床撼幕，终夕窣窣。叱诃不去，啖啮枣栗。掀杯舐缶[④]，去不遗粒。不择道路，仰行蹑壁。家为两门，窘则旁出。轻趫捷猾[⑤]，忽不可执。吾刀入门，是去无迹。

又有甚者，聚为怪妖。昼出群斗，相视睢盱。舞于端门[⑥]，与主杂居。猫见不噬，又乳于家。狃于永氏[⑦]，谓世皆然。亟磨吾刀，盘水致前。炊未及熟，肃然无踪。物岂有是，以为不诚。试之弥旬，凛然以惊。夫猫鸷禽，昼巡夜伺。拳腰弭耳[⑧]，目不及顾。须摇乎穴，走赴如雾。碎首屠肠，终不能去。

是独何为？宛然尺刀！匣而不用，无有爪牙。彼孰为畏？相率以逃。呜呼嗟夫！吾苟有之。不言而谕[⑨]，是亦何劳！

注释

①野人：村野之民，可能是隐士。　不爱：没有爱惜。　遗余：送给我。②剑钺之余：制造剑和斧钺所剩下的。　文：花纹。　缪：通“缭”，缭绕，纠结。　③戒：准备。　畜：通“蓄”。　④窣窣（sū sū）：形容细小的声音。　叱诃（chì hē）：喝叫申斥。　啖啮（dàn niè）：啃食。　舐（shì）：舔食。　缶（fǒu）：大肚小口的陶器。　⑤蹑（niè）壁：轻步上墙。　轻趫（qiáo）：轻捷而善于奔跑。　⑥睢盱（suī xū）：仰视之状。　端门：正门。⑦噬（shì）：咬。　乳：生育，繁殖。　狃（niǔ）：因袭。　永氏：纵容老鼠的永州某氏，见前柳宗元寓言散文。　⑧鸷（zhì）禽：凶猛动物。　弭（mǐ）耳：即帖耳。　⑨苟：随便。　不言而谕：不用说就可以明白。

解说

苏轼此铭为其少时所作，研究者根据苏洵的父亲苏序曾经看到过这一篇

《却鼠刀铭》，而苏序死时苏轼才十二岁，因此推断《却鼠刀铭》至迟是苏轼十二岁时的作品。题中的“却鼠刀”，据苏轼之弟苏辙的回忆：“苏子瞻有却鼠刀，云得之于野老，尝匣藏之。用时，但焚香置静几上，即一室之内无鼠。”这真是特效的高科技驱鼠产品，十分神奇！铭文中也肯定地说，别管老鼠多么猖狂，一见此刀，立逃无影。可惜跟许多传统工艺一样，这种高效驱鼠产品“却鼠刀”的原理和制作方式，早就失传了。

铭是一种由古代铭刻文字逐步形成的记述文体，多用四字句，可以有韵，一般风格庄重。但这篇文章写得起伏生动，别具一格。全文可分四个部分：第一部分叙述得刀的由来，描写刀的外貌，显然比较普通，并无惊人之处；第二部分描述家中鼠患，墙壁上打洞，帘幕上乱跳，成夜窸窸窣窣，吼叫都不害怕，食品被它啃咬，敏捷得抓都抓不到，连猫都束手无策；第三部分说只消用水把刀一磨，放在醒目的地方，不到一顿饭的时间，那些老鼠竟消失得无影无踪；第四部分是简单的归结和议论，这样一把不大的刀子，怎么会有那么神妙的作用，真正奇怪！

（冯广宏补充）

鼠　赋　明·桑悦

桑子出倅龙城①，眇焉羁旅。斜日沉山，离群索处②。酸风撼屋以长鸣，苦雨滴檐而似语。各妻孥于一方③，违君亲于万里，澹孤灯而照影，抱百忧以延伫④。

梁间壁孔，忽然有声，肃肃谷谷，呦呦嘤嘤。俨若号猿，倏若啼婴。是群鼠之变怪，岂畸人之可听⑤？

须臾就枕，结阵杂沓。轰屏震案，偷餐浪唼⑥。温禺渡合罗而胡骑啁啾⑦，王寻败昆阳而人畜蹂踏⑧。使我寝焉而惊，梦焉而愕。隍中不迷，难寻列子之鹿⑨；园内未经，奚化庄周之蝶⑩？

注释

①桑子：桑悦自称。　出倅（cuì）：贬作地方官的副手。　龙城：边远地

名，今辽宁朝阳。②眇（miǎo），微小。羁旅：留连在外。离群索处：离开了家庭朋友，孤独寂寞地生活。③各：各在各的地方。妻孥(nú)：妻子和儿女。④澹：即淡；暗淡之状。延伫：久立远望。⑤畸(jī)人：孤独无偶、脱俗之人。⑥浪唼（shà）：放肆地咂食。⑦温禺：匈奴之贵族封号。合罗：即合罗川，故地在新疆哈密西，乃唐回鹘公主所居，城址清时犹存。胡骑（jì）啁啾（zhōu jiū）：匈奴骑兵马匹发出嘈杂声，比喻鼠声与之相似。⑧王寻：为王莽之将。汉光武帝在昆阳大破王莽百万之师，王寻被杀。昆阳：地名，在今河南境。⑨隍：城外侧沟，有水曰池，无水曰隍。句出《列子·周穆王》："郑人有薪于野者，遇骇鹿，御而击毙之。恐人见之，遽藏于隍中，覆之以蕉，不胜其喜。俄而遗其所藏之处，遂以为梦焉。"⑩庄周之蝶：形容梦中景象，见《庄子》：昔者庄周梦为蝴蝶，"栩栩然蝴蝶也，俄而觉，蘧蘧然周也"。

呜呼噫嘻，尔生何为？噏烟载《尔雅》之篇，穴处纪《禹贡》之书①。翻瓮搅黄山谷之夜眠②，戴冠兆霍子孟之族诛③。曾子将歌而莫搏④，淮南轻举而被驱⑤。

所以其形甚微，《诗》咏其"硕"⑥。《春秋》纪异，牛角被食⑦。子瞻谓之曰"黠"，元明名之曰"剧"⑧。危侠客之是中⑨，枉飞鸮之受吓⑩。

注释

①噏（xī）烟：吞吸云雾，指传说中鼫鼠的行为。《尔雅》：古书名，记鼠类甚多。禹贡：《书经》的一篇，记大禹治水导渭时，过鸟鼠同穴之山，那里鸟与鼠同居一穴。②黄山谷：宋代文学家黄庭坚的号。他有《乞猫》诗："秋来鼠辈欺猫死，窥瓮翻盘搅夜眠。"③戴冠：方术书言老鼠戴冠而出，其家有祸。兆：预示。霍子孟：汉代司马大将军霍光的号，他辅政三帝，族党满朝，权倾内外。霍光死后，汉宣帝以谋反罪夷其族。④曾子：传孔子之道，尊为宗圣。莫搏事不详。⑤淮南：指淮南王刘安得道成仙，鸡犬也随之升天，鼠被驱除。轻举：轻身飞举上天。⑥《诗》咏其硕：《诗

经·魏风》有《硕鼠》一诗。 ⑦春秋句：《春秋·公羊传》记有："鼷鼠食郊牛角。改卜牛，鼷鼠又食其角。" ⑧子瞻：苏轼的号，写有《黠鼠赋》。 元明：指卢元明，写有《剧鼠赋》。 ⑨危侠客之是中：典出《淮南万毕术》："虞氏者，梁富人也。登高楼临大路，设乐陈酒，蒱博其上。游侠相随，行於楼下。……适鸢堕腐鼠，而中游侠。侠相与语曰：'虞氏富人矣，常有轻人之举，乃辱我以腐鼠，请灭其家。'其夜乃攻虞氏，大灭其家。"此谓因落腐鼠而遭横祸。 ⑩枉飞鹓（yuān）之受吓：典出《庄子·秋水》："鸱得腐鼠，鹓雏过之，仰而视之，曰：吓！"鹓雏是凤凰之属，栖梧桐，食竹实，饮清泉，哪能要它的腐鼠。

迁徙不常，今古共恶。坏永某物，柳子厚文之鉴戒[1]；穿公家墉，于公异宣于露布[2]。是非吾行之独遭，乃尔所行之有素。

生育甚繁，羽鳞间化[3]。渴何妨兮饮河，巢可憎兮托社[4]。叹蒙贵之莫寻[5]，伟活褥之无价[6]。诛之不可胜诛，纵之亦何所顾藉也邪！

吾将收视返听，兑聪塞明[7]。穴隙重熏，衣笥牢扃[8]。自治严密，外物孰撄[9]？小非大患，众亦难胜。无可奈何，付之冥冥[10]！

注释

①坏永某物：指柳宗元所记永州某人放纵老鼠的故事。 柳子厚：柳宗元的号。 ②穿公家墉：凿穿公家的墙。《诗经·行路》"谁谓鼠无牙，何以穿我墉？" 于公异：不详何人。汉有于公，东海郯人，善治狱。何按：此于公异或指唐人于公异（约公784年前后在世），苏州吴人，约唐德宗兴元前后登进士第。文章精拔，为时所称。建中末（783）为李晟招讨府掌书记。兴元元年，收京城，公异为露布，德宗览之泣下。因与陆贽不睦，后罢归。见《旧唐书》。露布：张榜公布。 ③羽鳞间化：变化成鸟类和水族。《礼记·月令》："（季春之月）田鼠化为鴽"。鴽为小鸟名。 ④饮河：《庄子》有"偃鼠饮河，不过满腹"之语。 社：古代土神庙，其中老鼠不敢打，恐怕惊了祖宗，所以鼠巢多有。 ⑤蒙贵：兽名。《尔雅》有蒙颂类猫而非猫，今人称猫之别名为蒙贵，误。 ⑥活褥：唐贞观十二年，波斯人献活褥蛇，状类鼠，色青，

长九寸，能入穴捕鼠。 ⑦兑：脱除。 聪：听觉。 明：视觉。 ⑧衣笥(sì)：衣箱。 扃(jiōng)：关锁。 ⑨撄(yīng)：触犯。 ⑩冥冥：幽暗深远的境界，引申为天界。

解说

桑悦（1447～1513）字民怿，南直隶苏州府常熟（今属江苏）人。明成化元年（1465）举人，会试得副榜。除泰和训导，迁柳州通判，丁忧后遂不再出。其为人怪妄，好为大言，以孟子自况，自称文章天下第一，次则为祝允明。著有《桑子庸言》《思玄集》。

《鼠赋》是作者继苏轼《黠鼠赋》后的一篇较好作品。赋中描写鼠的活动，形象逼真。通过细致的描绘，形象的比喻，展现群鼠的丑态及对夜寝者的骚扰。此赋穿插了许多典故，托物刺世，针砭奸邪小人，寄寓了作者的愤世情怀。

桑悦生活在明代中叶。明代的赋，前后期有较显著的区别。前期的赋以雍容雅正为宗，平衍而少情趣；后期的赋以抒情、言志、体物为主，写法活泼，尤以讽刺一类的赋最为引人注目。桑悦的赋，正体现出明赋转折期的特点。

（李之正补充）

鞠鼠赋（并序） 明·刘刚

予少作《鞠鼠赋》未叙[①]，其袛以囮嘲[②]，何体物之与有?兹检箧得旧赋而叙之曰：

坤维之气，毓而为人[③]，多重厚直方之士；重厚直方者投焉，相彼鼠辈，切齿殊深。故三语谚云："川恼鼠。"非独川有之，而恼鼠者归之。川能恶人哉？综厥所元非旦夕，故尝稽往[④]，川人之恼鼠者多矣。大抵饮三川之水，与上池同，神奸物怪，窃躯壳、混影响者，川之人尽能鉴之形骸之外。岂惟恼之，将必灭之；灭之从恼生也。

川恼鼠者，自姒氏以下[⑤]，可略数焉：蠢兹有苗[⑥]，誓师克之，恼鼠也；猃狁孔炽，大原奏公[⑦]，恼鼠也；都亭埋轮，豺狼务去[⑧]，恼鼠也；会稽分符，服贼成谣[9]，恼鼠也。

注释

①鞫（jū）：审问。 未叙：没有写序。按：亦有未曾刊布义。 祇：仅仅。 ②囮（é）嘲：任意调笑。 ③坤维：指西南方的土地。 毓：与“育”同义。 ④厥：这个。 所元：所出的语源。 稽往：追考往古。 ⑤姒（sì）氏：大禹的姓氏，此处指夏代以来。 ⑥蠢兹：愚蠢的这个。 有苗：上古部落名，为尧时四凶之一。 ⑦猃狁（xiǎn yǔn）：犬戎。 孔炽：声势很大。 犬戎侵周，宣王命尹吉甫讨之于大原。 奏公：从事乐曲演奏，以庆祝胜利。 ⑧埋轮：张纲的事迹。 东汉顺帝时，梁冀专权，以张纲巡察吏治。 张纲说：豺狼当道，安问狐狸？于是将车轮埋在都亭，誓不回头，弹劾梁冀。 ⑨会稽分符：张霸的事迹。《后汉书》张霸任会稽郡守，“越贼归附”。有童谣说“盗贼尽，吏皆休”。

若乃仲通之斥国忠；太临之过李定[1]；范氏疏近习，而曰岂堪再坏[2]；恼鼠也。安民论章蔡之奸，华父指弥远之失[3]，集英置对，而曰以首鼠为圆机[4]，恼鼠也。引伸充类，不可殚指，兹其凡已。

夫夏后，西川首；尹氏文武，为宪广陵；曾子诸君，并属亚旅[5]；不能除恼，固鼠有以取之哉？抑生长于川，风气固拘焉？试观《鞫赋》，情见乎辞。

注释

①仲通：鲜于仲通，唐剑南节度使，受命于杨国忠，发动对南诏的战争，全军覆没，乃斥杨误国。 太临：当指吕大临，他反对任人唯亲，嫉贤妒能。李定：陷害苏轼的“乌台诗案”制造者。 ②范氏：为《近习录》作疏者。近习：即朱熹、吕祖谦编订的《近习录》，为宋代理学著作。 ③安民：批判章□、蔡京者。 章蔡：北宋哲宗时章□为相，重新推行新法；徽宗时蔡京为相；二人在《宋史》中皆入奸臣传。 华父：魏了翁的号。 弥远：即史弥远，在南宋宁宗及理宗两朝为相，把持朝政。 ④集英：宋哲宗召大臣议事的集英殿。 置对：大臣回答皇帝的提问。 首鼠：即“首鼠两端”的省语，

即模棱两可。⑤尹氏：周代掌管册命的官。广陵：即今扬州。亚旅：古之大夫。

嗟大块间[1]，琐然有物[2]。动定窥人，朅来倏忽[3]。乘暗而趋，初昕始伏[4]。鼠实渠名[5]，诸丑备足。

檀辐公执而怪之[6]，寻鞫之曰：种种毛族，兼适阴阳；独有若辈，消阻闭藏、跂跂脉脉[7]，缘廪循仓。投间抵隙，呫嗫相将[8]。

注释

①大块：大自然，天地间。②琐然：形容其渺小。③朅（qiè）来：去来。倏（shū）忽：形容很快。④初昕（xīn）：黎明。⑤渠：第三人称，即"它"。⑥檀辐公：作者自称。⑦跂（qí）跂脉脉：缘壁而行。⑧呫嗫（tiè niè）：低声絮语。相将：相依相伴。

农人胼胝[1]，耕风耨雨；满篝满车，穰穰盈止[2]。上输公储，馀饱父子。有力自食，非竞于尔！尔乃比类连群，总总撙撙[3]，睢睢裔裔[4]，不主常声。粃糠铺地，放饭何悛[5]。若兹害稼，方慝蝗螟[6]。

注释

①胼胝（pián zhī）：手足长出茧皮，意为十分劳累。②耕风耨（nòu）雨：在风雨中耕作。篝：竹篓。穰（ráng）穰：粮食丰富。止：语气词。③总总撙（zǔn）撙：成群聚集。④睢（suī）睢裔裔：横暴放纵。⑤放饭：放肆地吃。语出《孟子·尽心上》："放饭流歠（chuò），而问无齿决，是之谓不知务。"赵岐注："放饭，大饭也；流歠，长歠也……于尊者前赐食，大饭长歠，不敬之大者。"悛（quán）：改过。⑥方慝（tè）：各地都在憎恶；语出《周礼·地官·诵训》："掌道方慝，以诏辟忌，以知地俗。"郑玄注："方慝，四方言语所恶也。不避其忌，则其方以为苟于言语也。"孙诒让《正义》引惠栋："盖四方所讳所恶谓之方慝。"

又若约丰墉之闇闇[1]，葺华屋之渠渠[2]；裳衣饱箧，史籍盈笥[3]；

聊供服玩，各足何私。若复窟坚垣，破华簃[4]，窜古瓦，跃新题[5]。笥无整籍，箧尠完衣[6]；恣情所欲，利口交驰。穴食盗人以自便，居然潝潝而訿訿[7]。杂闻其声，莫悉所以；今方得执，谅复何辞？

注释

①丰墉：高大之城墙或高而厚之墙。《诗·召南·行露》："谁谓鼠无牙？何以穿我墉。"句用其意。 閤閤（hé），或读（gé）：閤通阁，扎缚牢固整齐貌。《诗·小雅·斯干》："约之阁阁，椓之橐橐。"毛传："阁阁，犹历历也。"朱熹集传："阁阁，上下相乘也。"马瑞辰通释："《传》云'阁阁犹历历'者，谓束板历碌之貌。"此处语音双关，既有丰墉高固之貌，亦有束墙板阁阁作声貌。 ②渠渠（qú）：高大深邃貌，《诗·秦风·权舆》："于我乎，夏屋渠渠。"朱熹集传："渠渠，深广貌。"此句亦双关语，既用以形容华屋之高大幽深，亦有修葺华屋渠渠作声貌。以喻鼠破丰墉，毁华屋。 ③笥（sì）：竹箱匣、方形盛物竹器。 ④簃（yí）：阁楼边小屋或连阁。 ⑤题：榱题，屋檐。 ⑥尠（xiǎn）：即"鲜"字，少的意思。 ⑦潝潝（xī）：水流声。 訿訿（zǐ）：有附和诋毁义，此处为象声词，喻鼠窜咬物、呼朋引类之声。

鼠乃愕然震詟[1]，头抢地而诉曰：公所督过备矣！臣得数言而死不朽乎？檀辐公曰：姑言之。曰：万物熙熙，皆为利来。臣可行辄行，可止辄止；当食辄食，罔叩所主[2]。谨避于人，曷敢相倚[3]？于星为虚，于野为齐[4]。山于雍州，载厥《尚书》[5]。偶萤伺夜，是为仙徒[6]。臣乃动臣，脊胁而行。任臣天机而鸣，相迹以尾，相纠以声[7]，而不为也、不知也。李廷尉吏上蔡，多臣所处[8]；常山王奉□□，□□□□。□□□□，□□[9]婴头，学臣窜漠。孝廉郎识臣，获绢百疋[10]。

注释

①詟（zhé）：恐惧。 ②罔叩：不用探问。 ③曷（hé）：何；怎么。相倚：即靠近，此句意为不敢靠近人。 ④虚：二十八宿之一，其星宿神为虚

日鼠周宝。野：划分的星野。为齐：戏说鼠的领地是齐，暗指《孟子》所说齐东野语，非君子之言，不足信。⑤雍州：《尚书·禹贡》所划九州之一，在秦地，有鸟鼠同穴之山。⑥偶萤：与萤为偶。仙徒：蝙蝠号为仙鼠。⑦动臣：鼠自称为好动的一类，臣是谦卑的称呼。脊胁：伏地之状。尾：互相尾随。相纠：互相邀约。⑧李廷尉：指秦李斯，曾为上蔡小吏。多臣所处：李斯曾评论厕鼠和仓鼠所处位置的优劣。⑨常山王：《汉书·蒯通传》："始常山王、成安君故相与为刎颈之交，及争张黡、陈释之事，常山王奉头鼠窜，以归汉王。"此处下文原本缺12字，应为叙述这一段典故。⑩孝廉郎：指汉代终军，时为孝廉郎，因识豹文鼠，受到汉武帝赏赐一百匹绢。

顾臣鼠也。齿发中亦有千万臣，而无数者矣①。

饕餮旷贵，魍魉备员②；日支中府，月给禁钱；不功而禄，汰侈而安③，与臣害稼同。

排门闼，穿宫禁，伏廊阶，通台省；诬上行私，踪迹莫讯。盗丛神而忘返④，食牛角而已甚⑤。百孔千窦，比周相隐⑥；托社为家，熏灌交窘⑦；与臣坏垣屋同。

闪烁狡狯，阘茸无俚⑧；党结骥如⑨，背辄讥毁。熏天销骨，讼嚣盈耳⑩；与臣有声同。

注释

①齿发：借指人类。无数：潜藏人类之中，不知其底细。②饕餮(tāo tiè)：神话中的贪兽。旷贵：为高官而才德不称。《汉书·王商史丹等传赞》："阳平之王多有材能，好事慕名，其势尤盛，旷贵最久。"颜师古注："言居非其位，是为旷官，故云旷贵。"魍魉(wǎng liǎng)：鬼魅。备员：充数，无所作为。《续资治通鉴·宋理宗绍定五年》："右丞实嘉世鲁，居相位已七八年，碌碌无补，备员而已。"③中府：内库，国库。《穀梁传·僖公二年》："如受吾币，而借吾道，则是我取之中府，而藏之外府。"禁钱：少府掌管，供帝王花费之钱。《汉书·贾捐之传》："暴师曾未一年，兵出不逾千里，费四十余万万，大司农钱尽，乃以少府禁钱续之。"颜师古注："少府钱

主供天子，故曰禁钱。” 汰侈：骄横奢侈。 ④门闼：宫门。《汉书·金安上传》：“后霍氏反，安上传禁门闼，无内霍氏亲属。”颜师古注：“门闼，宫中大小之门也。” 宫禁：汉以后称皇帝居住、听政之地。因禁卫森严，臣下不得任意出入，故称。 廊阶：游廊阶除，借指朝中官署。 台省：汉尚书台，三国魏中书省，是代表皇帝发布政令之中枢机关。后用指行政重地。 诬：此处作欺骗解，司马迁《报任安书》：“因为诬上，卒从吏议。” 莫讯：不知其所作为。 丛神：聚众神而祀的地方，经常有祭品为鼠所偷。 ⑤食牛角：《春秋公羊传》：成公七年，奚鼠食郊牛角。 ⑥比周：犹言相互勾结。《论语》：小人比而不周。 ⑦交窘：窘困到一处来。意思是鼠以宗社为家，人有顾忌，不敢用烟熏和水灌的办法对付鼠穴。此段以鼠行比人行，人所毁者为社稷。 ⑧阘（tà）茸无俚：愚贱而无赖。 ⑨驩（huān）如：高兴喧闹的样子。 ⑩熏天销骨：气焰熏天，积毁销骨。《文选·邹阳〈于狱中上书自明〉》：“众口铄金，积毁销骨。”李善注：“毁之言，骨肉之亲，为之销灭。” 讼：互相指责。 嚣：吵闹。

纡青拖紫①，银黄绾绶②；糅罗纨，曳黼绣③；雾绮蒙污，芳华袭臭④。二月新丝，万家纤手，填此穴壑，穿结谁诉⑤？与臣啮衣同。

穿凿孔壁之文，残断宗儒之旨⑥；藉以献谀，腼调不耻⑦。博昭名⑧，牟钜利；诵之成羞⑨，投之忌器；与臣蠹籍同。

注释

①纡青拖紫：身佩印绶。地位显贵。《文选·扬雄〈解嘲〉》：“纡青拖紫，朱丹其毂。”李善注引《东观汉记》：“印绶。汉制：公侯紫绶，九卿青绶。” ②银黄：白银、黄金。《文选·何晏〈景福殿赋〉》：“点以银黄，烁以琅玕。”李善注：“黄谓黄金。” 绾（wǎn）：缭绕。 绶：绶带，古用以系印或玉之丝带。用颜色别官阶，银黄色为贵。 ③糅：混杂。 罗纨：精美的丝织品。《战国策·齐策四》：“下宫糅罗纨，曳绮縠，而士不得以为缘。” 黼（fǔ）绣：绣花的官服。 ④袭：透出、侵入。 臭（xiù）：气味、嗅觉。 ⑤穿结：辛勤缝衣。晋陶潜《五柳先生传》：“短褐穿结，箪瓢屡空。”指衣服洞穿与补

裰。⑥穿凿：牵强附会。孔壁：西汉时孔府壁中发现藏书。残断：断章取义。⑦胹（ér）调：勉强调和。⑧昭名：昭著显赫之名。钜利：大利、厚利。⑨成羞：令人汗颜。忌器：用投鼠忌器典。意为批评这些谄媚文字，又忌讳触犯位高权重者。与鼠咬坏典籍有何二致？

且孔赞臧纥之似①，章弃窦宪之腐②。首呇两端之夫③，窃谓潢池之舞④。因斯以谈"人面鼠心"者，比比冠裳中！傥持法眼视之⑤，直蹲身伺衅、拖尾驶窜者兄弟耳⑥。臣且有皮，彼应遄死⑦！若曹宁尽濡血三尺乎⑧？悲哉！

注释

①臧纥：即鲁国大夫臧武仲，曾讽刺齐侯似昼伏夜动的鼠。②东汉窦宪，夺公主沁园，章帝责备说：国家弃窦宪如孤雏腐鼠。③两端：首鼠两端，摇摆不定。④潢池：《汉书·龚遂传》有弄兵于潢池之语，意为官逼民反，引起动乱。⑤冠裳：士绅之流。傥：即倘，倘若。法眼：佛家五眼之一，清俞樾《茶香室三钞·佛肉眼见四十里》："佛氏五眼：一曰肉眼，二曰天眼，三曰慧眼，四曰法眼，五曰佛眼。"法眼指能别真伪之眼光。⑥二语指鼠类。⑦遄（chuán）死：赶快死。《诗经·鄘风·相鼠》："人而无礼，胡不遄死？"⑧若曹：你们。濡（rú）血三尺：指杀戮。三尺为三尺剑之省。《汉书·高祖纪下》："吾以布衣提三尺，取天下，此非天命乎？"颜师古注："三尺，剑也。"

犛牛若垂天之云①，能为大矣，而不能我执②。意造物者固不能缺一社君也③！而微觎极我公之武震④，无乃顿而小乎⑤！

注释

①犛（lí）牛：牦牛。②我执：语见《庄子·逍遥游》："今夫犛牛大若垂天之云，而不能执鼠。"③意：猜想。造物者：天老爷。社君：《抱朴子》说：山中子日自称"社君"者，鼠也。句意为天生万物，不能缺一

老鼠。 ④徼谻（yāo jí）：伺其疲惫加以拦截。《汉书·司马相如传》："徼谻受诎。"《注》："谻音与剧同。言兽有倦极者，要而取之。" 极：拔高、极致。 我公：鼠对作者的尊称。 武震：武力。《国语·周语中》："君之武震，无乃玩而顿乎？"韦昭注："震，威也；玩，黩也。言举非义兵，诛罚失当，故君之武威，将见慢黩而顿弊之。" ⑤顿：困顿。 小：小题大做。

檀辐公曰：不然！物有纤而足喜，拙而见怜：故龙门之蜂可释①，景阳之萤可联②；海濒之蛙可问，江边之蚁可全③。

夫入渊者，首鼠不任徇；而彼鸱所挟，何足吓鹓雏④？盗肉烦张君之笔，伤衣神许氏之符⑤；斯其细者也。食场麦而罔劳，祸盈于世；蠹郊牛而改卜⑥，罪彻于天。昔豳人熏之，蕲殄若类⑦；睢阳掘之⑧，不令生全。

注释

①龙门之蜂：《韩诗外传》有"稷蜂不螫，而社鼠不熏"之语。 ②景阳之萤：《广雅》说萤火的别名是"景天"。《隋书》记隋炀帝在景华宫，征求到数斛萤火虫，夜晚一起放出，照亮山谷。 ③海濒：即海滨。《庄子·秋水》有坎井之蛙与东海之鳖的对话。江边之蚁：《齐谐记》记董昭之过钱塘江时，救了一只蚁王。后来他被关进牢狱，群蚁一起挖洞，救他出狱。 ④彼鸱：指《庄子》鸱得腐鼠语。 鹓雏：凤凰之子。 ⑤张君：汉张汤少时，谳盗肉之鼠，辞如老狱吏。 许氏：《许迈别传》言其衣被鼠咬，"乃作符占，鼠莫不毕至于中庭"。他把老鼠召集来宣布：咬衣者留下，其余回去。结果真有个老鼠不敢走。 ⑥蠹郊牛：见《左传》奚鼠钻坏牛角事。 ⑦熏之：烟熏鼠穴。《诗·豳风·七月》有"穹室熏鼠，塞向墐户"之句。 蕲（qí）：希望。 殄（tiǎn）：灭绝。 ⑧睢（suī）阳：唐朝安史之乱，张巡、许远守睢阳，被围粮尽，搜罗鼠雀亦尽。

且若恃技，足毙象乎①？潜入中伤，其计诡随。恃猫眠长共乎？

欺饱乘敕②，终无生时。恃大足噬狸乎？梁州一磔，迄靡孑遗③。恃诈足自全乎？覆地邻猫，嘐嘐安咨④。恃匿孔旁多乎？阖户灌穴，遁甲奚施⑤？五技穷汝⑥，不厌憎频；三岁贯汝⑦，弗省贯盈。袭狗辄靡，讥且频呻⑧。遗矢秽蜜，恶济黄门⑨。逢人怜死，阙里鸣琴⑩。

注释

①毙象：老鼠钻入象鼻，便能致其死命。 ②猫眠长共：猫不尽职，夜晚贪睡，与鼠长期共存。 乘敕：趁机。 ③磔（zhé）：裂尸。陆游诗："连夜狸奴磔鼠频。" 迄靡：直到没有。 孑遗：幸存者。 ④嘐嘐（jiāo）：鼠叫声。 安咨：怎么过问。 ⑤遁甲：古代法术，称其术可以遁地而逃。 奚施：如何实施。 ⑥五技：《荀子·劝学》谓鼠有五技：能飞不能上屋，能缘不能穷木，能泅不能渡渎，能走不能绝人，能藏不能覆身。 ⑦三岁贯汝：多年看顾你。《诗·硕鼠》："三岁贯汝，莫肯我德。" ⑧袭狗：《汉书·东方朔传》：鼱鼩袭狗。 ⑨黄门：三国时吴主孙亮之事。他让黄门郎去取蜜，发现蜜里有老鼠屎。本想责怪守藏吏，后来把老鼠屎剖开，发现里面是干燥的，如果在库里久藏，必然潮湿，推测定是黄门所为，想陷害藏吏。 ⑩阙里：孔子故居地名。阙里鸣琴事见《孔丛子》："孔子昼息于室而鼓琴，闵子自外闻之，以告曾子曰：'向子之音清微而和，沦入至道。今也，更为幽沉之声，幽则欲上所为发也，沉则贪德之所为施也。夫子何所感一若斯乎？吾从子入而问焉。'曾子曰：'诺。'二子入问孔子，孔子曰：'然，如是也，吾有之。向见狸方取鼠，欲其得之，故为音。'"

咒不待岑，厌不待髡①。此时司命，实在狸狌②。尚安开汝喙哉？

于是所拥狸狌，眈眈虎视，掉尾炰烋③，垂涎作声之时久矣。鞫辞既，纵使杀之。

注释

①岑：小而高的山，此处指咒鼠者并不在乎如何高峻。咒鼠事见《太平御览》引《异苑》："赵侯少好诸术，姿形悴陋，长不满数尺。侯有白米为鼠所

盗，乃把刀画地作狱，四面开门，向东啸，群鼠俱到，咒曰：凡非啖者过去。有止者十余，剖腹看，藏有米宰膳。”宰即滓。 厌：亦作魇，即厌胜，指用实物或符咒诅咒或镇压人或物，以达到施术者要达之目的。如《风角要占》："长居官厌盗法：七月以生鼠九枚，置笼中埋于地，称九百斤土复，坎署各二尺五寸，筑之令坚固。”此即厌胜之一例，当然，这纯粹是巫术，没有任何实际意义。 髡（kūn）：剃发，代指僧人。此句意为无须法师来作法。 ②狸狌（shēng）：猫的古名。 ③炰烋（páo xiāo）：即咆哮。

解说

刘刚为明代文人，生平不详。

这篇喻世长赋，首先以“川恼鼠”三字俗语起兴，然后洋洋洒洒，叙述鼠与人的对话，鼠有鼠的道理，人有人的见解，十分有趣。名为审判老鼠，实际上是揭露社会丑恶。

所谓“川恼鼠”，意思是四川人非常恼恨老鼠；原因是四川鼠患比较严重。但这样一来，反过来老鼠又很恼恨那些恼鼠的人，这种辩证思维真正有趣。现今人们所说的“川老鼠”，此语原从蜀中多鼠而来，却引申为对蜀人的贬词了，恐怕也算是这种逻辑转换的一例吧。

本文开头的小序，主要是解释人为什么会“恼鼠”。那并不是四川人特别“恼鼠”，而是由于那些老鼠太可恶，所以四川人坚决要捉鼠，这完全是老鼠自己造成的后果。

小序下面就是赋的正文，可分前中后三段：前段描写老鼠的性状，如何干扰人的生活，这才导致被捉的结果。中段是为老鼠作代言人，让老鼠辩解为什么要那样做，犹如律师为犯罪嫌疑人的辩护一样。这一段行文非常有趣，老鼠在狡辩中，举出许多人面鼠心的现象，实际上是鞭挞当时社会之丑恶。那些冠裳齿发之中，亦有千万人面而鼠心者，与鼠之害稼、坏屋、啮衣、蠹籍危害等同。后段则是作者以“檀辐公”的名义，担任法官，对鼠罪作出判词，但亦不能正面相驳，只能以鼠技不足恃为词，施行镇压。最后放出狸猫，将鼠处死。

赋中搜罗了大量关于鼠的典故。有些僻典的根源，颇难搜寻。

（李之正注说 何焱林补注 冯广宏补充）

猫说 清·朱鹤龄

余家多鼠患，藏书每被啮蚀。邻家有猫，乞得之，形魁然大，爪牙甚铦①。始至，群鼠屏息穴中，私喜鼠患自此弭矣②。

迨月余，患复作，终夜咋唶有声③。余怪而视之，则猫与鼠比同寝处，若倡和然。诇其故④：猫性贪，嗜饱鱼腥，中厨所庋⑤，见必窃食。鼠觉其然，凡猫之所嗜，鼠必预储以遗之。猫啮而德之⑥，遂一任所为。

鼠始以形之大也畏猫，既以所嗜尝猫，终则狎猫豢猫⑦，利有猫，其出而为患也益无忌。

余乃叹曰："甚哉，贪之毒也！使猫无所窃，鼠其敢尝之耶？猫既先鼠为窃，其能禁鼠之群窃耶？畜猫本以捕鼠，而今反以导鼠；且昵之为一⑧，是鼠魁也。曷若去鼠魁，而群鼠之患，犹或少弭耶！"

乃命童子锁其项、絷其足，数而搏之，沉之于交衢之溷⑨。

注释

①铦（xiān）：锋利。 ②弭（mǐ）：平息。 ③迨（dài）：等到。 咋（zhà）唶：形容啃咬之声。 ④诇（xiòng）：探察。 ⑤庋（guǐ）：放置、收藏。 ⑥德：感激。 ⑦狎（xiá）：溺爱。 豢（huàn）：养育。 ⑧昵（nì）：亲热。 ⑨絷（zhí）：捆。 数：一条条地斥责。 交衢：十字路口。 溷（hùn）：厕所。

解说

朱鹤龄（1606~1683），字长孺，江苏吴江人。明代诸生。颖敏好学，起初专力于词赋，曾经笺注杜甫、李商隐诗，故所作之诗颇能出入二家。入清，隐居著述，晨夕不辍，行不识途路，坐不知寒暑，人或谓之愚，遂自号愚庵。及与顾炎武为友，乃尽力于经学，颇有造诣。有《愚庵诗文集》《读左日钞》《禹贡长笺》《春秋集说》《诗经通义》《易广义略》《尚书埤传》等传世。

此文讲了一个猫与鼠的故事。说是他家因鼠为患，向邻居乞养了一只猫。猫很雄伟，爪也很尖利，猫一来，鼠便销声匿迹。可是，一个多月后，鼠患又开始了。奇怪之下，发现猫和鼠竟一同睡卧，关系很好。经过查探方知，猫的性格很贪，主人喂饱了鱼腥后，还去厨房偷取食物，鼠知其实情后，便为猫储备了很多猫喜欢吃的食物，于是猫对鼠十分感激。最后猫竟与鼠混在一起，同流合污，成了鼠的好朋友，从此老鼠有恃无恐，更加横行无忌。主人得知此情，非常感慨：养猫本为捕鼠，现在还不如不要这个捕头，也许鼠患还会少一些。愤怒之余，乃命其家人将此猫锁其项、絷其足，捆绑结实后，丢到交叉路边的厕所粪池内。

此文实际上借以讽喻官场中或社会上的丑恶现象，行文晓畅有趣，言近旨远，洵为妙文。

猫弹鼠文 清·毛宗岗

臣猫言：臣以贲皇之同姓，为章惇之后身①；蒙被私恩，获居禁近。鼾睡卧榻之侧，独肯见容；高踞华屋之巅，初不为怪。甚且引登席上，授置台中，食必分肥，坐或加膝。搏击毙能言之鸟，竟免诋诃②；盘旋乱将覆之碁，辄承嘉悦。凡诸异数，超越同侪。臣何敢辞口舌之劳，致有负爪牙之任。故常效张汤五技之磔，不欲以义府之柔③；务俾幺麽之党类尽除④，方保公家之器物无损。岂彼自务五技，讫持两端⑤；啧啧者不厌烦，谜谜焉且惑听⑥。臣请暴其鬼蜮之状，绝此侏离之声⑦。

注释

①贲皇：即春秋时的苗贲皇，楚国令尹斗椒之子，采邑于苗（今河南济垣西）。楚庄王九年（公元前605），斗椒作乱失败，楚庄王灭其族，贲皇逃到晋国，成为晋国八大良臣之一。这里戏以猫自称苗姓。 章惇：北宋变法派，因残酷镇压反对派，《宋史》将其入《奸臣传》，传说他死后投生为猫。 ②

能言之鸟：指鹦鹉。 诋诃（dǐ hē）：呵斥；指责。如三国魏曹植《与杨德祖书》“刘季绪 才不能逮于作者，而好诋诃文章，掎摭利病。” ③张汤：汉武帝时刑狱官。幼年因鼠盗肉，执鼠勘案，处鼠磔刑；其父惊异，培养他进入司法界。 义府之柔：指初唐吏部尚书李义府（614~666），史称其人貌似柔恭，与人言嬉怡微笑，笑里藏刀，因此有“人猫”的外号。 ④俾：使得。幺（yāo）麽：即妖魔，指鼠。 ⑤五技：指鼫鼠。《荀子·劝学》：“螣蛇无足而飞，梧鼠五技而穷”。 两端：语出“首鼠两端”，首鼠即“踌躇”，谓迟疑不决，两头讨好。 ⑥啧啧：暗中饶舌，形容鼠叫。 訿（zǐ）訿：形容众口附和，诋毁诽谤，意指鼠类。语见《诗·大雅·召旻》“皋皋訿訿”，《毛传》“訿訿，窳不供事也”。 ⑦鬼蜮（yù）：暗害人的妖魔之类。蜮是一种名叫短狐的虫。 侏离：形容异类的语音，难以分辨。

谨按：搜粟都尉兼掠剩使、袭封同穴侯鼠子，本系小丑之尤，冒称诸虫之老[①]；于辰支虽居首，在物类为最微。赋形既消沮不飏，禀性复狡狯莫比。光天化日之下，暂尔潜踪；暗室屋漏之中，公然逞恶；营窟穴以藏匿，时为兔脱之谋；畏首尾而伏行，更甚狗偷之态。漫云“有体”，谁谓“无牙”[②]？速讼遂已穿墉，钻隙何曾忘壁？甚至伤牺牛之角[③]，不顾于郊；学城狐之奸，遽思凭社[④]；粪污江蜜，实助黄门之谮言[⑤]；齿啮马鞍，幸赖苍舒之善解[⑥]。尤可耻者，从乞儿以游戏都市，巧取金钱；见士人而拱揖庭阶[⑦]，故为妖妄。或渡河而践尾，奚堪侣江渚之鱼虾？至坠地而屠伤，讵能及淮南之鸡犬[⑧]？纵教幻化，谁复责为其肝[⑨]？相彼贪饕，何可时满其腹[⑩]？

注释

①搜粟都尉：汉代官名。与以下一些头衔，都是对老鼠官职的戏说。冒称：指鼠无大小，皆称为“老”鼠。 ②有体、无牙：皆《诗经》咏鼠中语。《国风·鄘风·相鼠》有“相鼠有体，人而无礼”；《召南·行露》有“谁谓鼠无牙”之句。 ③穿墉（yōng）：将墙钻穿。《行露》诗有“谁谓鼠无牙？何以穿我墉”；“虽速我讼，亦不女从”之句。牺牛之角：见《左传》。中有

"鼷鼠食郊牛角"之语。 ④城狐：以城墙为倚仗的狐狸；此语实为"城狐社鼠"之省，比喻仗势作恶的小人。 凭社：社中的鼠依靠宗庙的神圣，人不敢捉，获得安全。 ⑤粪污江蜜：用三国吴主孙亮事。《通鉴》卷七十七："吴主临正殿，大赦，始亲政事。尝食生梅，使黄门至中藏取蜜，蜜中有鼠矢。召问藏吏，藏吏叩头。吴主曰：'黄门从尔求蜜邪？'吏曰：'向求，实不敢与。'黄门不服。吴主令破鼠矢，矢中燥，因大笑，谓左右曰：'若矢先在蜜中，中外当俱湿；今外湿里燥，此必黄门所为也。'诘之，果服，左右莫不惊悚。"黄门是侍奉皇帝及其家族的宦官。 谮（zèn）言：诬陷中伤的言语。 ⑥齿啮马鞍：此用曹冲事。《三国志》："太祖马鞍在库，而为鼠所啮，库吏惧必死，议欲面缚首罪，犹惧不免。冲谓曰：'待三日中，然后自归。'冲于是以刀穿单衣，如鼠啮者，谬为失意，貌有愁色。太祖问之，冲对曰：'世俗以为鼠啮衣者，其主不吉。今单衣见啮，是以忧戚。'太祖曰：'此妄言耳，无所苦也。'俄而库吏以啮鞍闻，太祖笑曰：'儿衣在侧，尚啮，况鞍悬柱乎？'一无所责。" 苍舒：曹冲之号，亦作仓舒。 ⑦拱揖庭阶：见《稽神录》：柴再用为龙武统军，一日在厅凭几坐，有鼠于庭下，拱手作拜揖状。统军呼下人驱之，下人不至，乃起身逐鼠，离厅，屋梁骤断，床几尽碎，统军幸免。 ⑧讵（jù）：怎么。 淮南之鸡犬：相传淮南王刘安得道，鸡犬随之升天，但老鼠却没有跟上。 ⑨为其肝：语见《庄子·大宗师》："以汝为鼠肝乎？以汝为虫臂乎？"意指事物幻化。 ⑩满其腹：语见《庄子·逍遥游》"偃鼠饮河，不过满腹"。

恶难悉数，罪不容诛；非断以老吏之狱辞①，曷歼夫若辈之族属。是使食苗食黍，终致叹于《魏风》②；而在厕在仓，恒兴嗟于秦相也③。

伏惟箝斯甘口，烛其黠心④；敕付臣猫，追捕如律。庶皇甫击杨摩之首⑤，谴责无逃；萧妃扼武曌之喉⑥，报施不爽。臣愚莽，干冒威严，仰候指挥。

注释

①狱辞：判决书的文字。张汤幼年断鼠案，其判词竟如老狱吏之笔。

②《魏风》：《诗经》中魏国的民歌。《魏风·硕鼠》有"硕鼠硕鼠，无食我黍"句。 ③兴嗟（jiē）：引起感叹。 秦相：指李斯。《史记》："李斯少时为郡小吏，见吏舍厕中鼠食不洁，近人犬，数惊恐之。入仓，见仓中鼠食积粟，居大庑下，无人犬扰之。"厕中与仓中的鼠待遇不同，相当于人所处的地位高低一样，于是引起李斯的感叹。 ④伏惟：伏在地上考虑；古代下级对上级表敬之辞。 箝（qián）斯甘口：紧闭这个甜味的嘴。鼷鼠有螫毒，食牛马，其口甘，牛马不知痛。 烛其黠（xiá）心：明察其狡诈之心。 ⑤皇甫击杨摩之首：《隋唐演义》第三十二回说：狄去邪入深穴遇仙人皇甫君，皇甫君令看一铁链牵着形象凶猛名叫阿摩的大鼠。那鼠蹲踞于月台上，扬须啮爪，状如得意。皇甫君怒道："你这畜生，吾令你暂脱皮毛，为国之主，苍生何罪，遭你荼毒；骸骨何辜，遭你发掘；荒淫肆虐，一至于此！我今把你击死，以泄人鬼之愤。"喝武士照头重重地打他，那武卫卷袖撩衣，举起大棍，望鼠头上打一下，那鼠疼痛难禁，咆哮大叫，浑似雷鸣。武士方要举棍再打，忽半空中降下一个童子，手捧着一道天符，忙止住武士："不要动手。"对皇甫君说道："上帝有命。"皇甫君慌忙下殿来，俯伏在地。童子遂转到殿上，宣读天符道："阿摩国运数本一纪，尚未该绝。再候五年，可将练巾系颈赐死，以偿荒淫之罪，今且免其痛楚之苦。"童子读罢，腾空而去。那鼠就是隋炀帝：炀帝小名叫阿摩。 ⑥萧妃扼武曌之喉：萧妃为唐高宗爱妃。武则天（名曌）获宠信后，谗言诋毁萧妃，致令萧妃被废被囚。一日，高宗念旧情往探萧妃，武则天知后，将萧妃杖打一百，砍去手足，扔于酒瓮之中，折磨惨死。萧妃死前曾骂道："阿武妖媚，害我如此，但愿来生转世，我生作猫，阿武为鼠，辈辈咬断其喉。"萧妃的诅咒令武则天十分害怕，常梦见萧妃披发沥血之恐怖状。由是，武则天乃迁居洛阳，严禁宫中养猫。

制曰："尔猫，名虽不列地支，种实传来天竺[1]。念尔祖崇祀于八蜡[2]，既与虎而同迎，乃嗣孙旧窜于三危[3]，尝以狮而为号。惟兹鼠耗，叵耐鸱张；孰曰苗顽[4]，正资鹳逐。而昨暂出，彼即肆凶。窥甕翻床，任疾呼而不止；啮书遗矢，欲安寝而无从。尔无忌器不投，定须闻声即捕；尚防抱头而窜，勿容泣血以思。用假便宜，恪共常职⑤。”

注释

①制曰：古代帝王批示用语，此处套用作为戏说。 天竺：印度。另有说猫传自埃及。 ②八蜡：古俗在每年建亥月田功告成时，乃合聚八神而飨祭，谓之八蜡。八神中第五为“猫虎”。猫可捕鼠，虎除害兽，故被列为农家之神。 ③三危：山名，在今甘肃敦煌南。史称舜“窜三苗于三危”。此处有意以苗与猫联系。 ④苗顽：尧舜时三苗不听话；《尚书》有“苗顽弗用灵”之语。 ⑤假：授予。 便宜：斟酌处理。 恪（kè）共：恭谨之意。

解说

毛宗岗（1632~约1709），字序始，号孑庵。江南长洲（今江苏苏州）人。清初文学批评家。曾效金圣叹删改《水浒传》作法，假托得《三国演义》古本，对罗贯中原著进行删改，并在章回之间夹写批语，题为“圣叹外书”、“声山别集”，又伪作金圣叹序冠于卷首，名为第一才子书。此即120回本，它取代旧本广为流行。毛宗岗本《三国演义》在情节上变动很大，整顿回目，修正文辞，改换诗文。与原著比较，尊刘抑曹的正统观念加强，表现手法、文字修饰也有所提高。

这是一篇很有趣的骈文。以猫的身份，模拟奏章的形式，数落老鼠的罪状，弹劾老鼠。作者实际是借此讨伐那些危害百姓、祸乱朝廷的贪官。

本文一开始，猫就自报家门，诩其身份之高贵，标榜自己如何恪尽职守，如何受到重用，如何得到亲近和赏识。然后笔锋一转，便指说“同穴侯”老鼠的罪状。说他本系小丑之尤，冒称诸虫之老，虽列生肖之首，却在物类中为最微。赋形既其貌不扬，禀性又狡狯无比。光天化日之下，暂时潜踪；暗室屋漏之中，公然逞恶；打窟穴以藏匿，随时为狡兔之谋，畏首畏尾而伏行，更具狗偷之态。数说老鼠的各种罪状，真可谓痛快淋漓，讨伐有据。文的最后，又赋予猫的职权和任务，真是一篇绝妙的声讨檄文。

（萧炬补充）

编后记

十二生肖或十二属相文化，源远流长，伴随中华民族走过了近两千年岁月。

何以是十二生肖，而不是十生肖、十三生肖？这恐怕与太阴历有关，即与月亮的运行有关。初民发现，随着月亮圆缺之递进，气候、自然景观也随之变化，花发叶落，寒暑易节，差不多历十二个月之圆缺，即十二个朔望月，气候物象又开始新的轮回、新的周期，所谓一元复始，万象更新。但是，每一回归年并不恰好就是月亮的十二次圆缺，如果硬性规定一年为十二个阴历月，就会与季节的交替脱节，如今年正月是初春，过得一些年份，正月却是盛夏，这样极不利于农业生产。因而不是所有的年份都为十二个月，有的年份有十三个月，人们把这多出来的月份置为闰月，其初置于岁末，称为十三月或闰月。但这又破坏了月名的统一性、和谐性。为消除这一缺陷，古人就将闰月置于本年第一个没有中气的月份，而以上一月名加上闰字称此月。如2012年农历第五个月为本年第一个没有中气的月份，就称此月为闰四月，保持了从一到十二，这十二个数字称月名的统一性。初民又仿此将一天的时间分为十二等分，称一等分为一个时辰，故一天有十二时辰，简称十二辰。将十二年称为一纪。人之属相与之紧密配合，而成十二属、十二生肖。

古人以干支纪年，地支数恰为十二，这恐怕也与一年十二个月有一定关系，因而生肖也就与地支紧密配合，而成子鼠、丑牛、寅虎、卯兔、辰龙、巳蛇、午马、未羊、申猴、酉鸡、戌狗、亥猪。这既便于记忆人之年岁，也增添了生辰的文化内涵，使之更加丰富多彩。同时，也使人们能以平等心态对待一切生命。

为什么是这十二种动物（龙为虚拟），而非别的动物，例如鸭？这大概要从这十二种动物与人类的关系来立论了。马、牛、羊、鸡、犬、豕是人类最早驯化的动物，是人类役使的对象或奶、蛋、肉主要供应者，从远古迄于今日也一直如此。蛇、虎令人生畏，时时威胁着人类的生存，古人常以毒蛇、猛兽并称，便是明证。鼠、兔、猴为人类紧邻，尤其是鼠，无论皇宫大内，或寒窑茅舍，几乎家家有鼠，处处见鼠。龙虽为虚拟，其转世为人，则成了大当家，那是人人都须向其跪拜的。鸭与鸡比，鸭是水禽，离不得水，溪河沟塘少的地方则不便养殖，故不是家家都养鸭。鸡则不同，户户可养，更有一件是鸭不能代替的事，那就是鸡会打鸣，会报时，“雄鸡一唱天下白”，所以鸡是古人万万不能离开的。

随着五行说、命相说、占星术等的发展，十二生肖也与这些东西沾上了关系，具有了神秘主义色彩，什么属相相辅、属相相克的说法也渐次流行。其实十二生肖、十二属相，不过是人的生辰的另一种表述，即时间的另一种表述，与人的心理、生理，乃至一生境遇没有任何直接或间接关系。属龙者不必龙运大行，位尊九五，全场通吃。属蛇者不必阴狠毒辣，属马者不必脸长三尺，属猴者不必机灵聪敏，属猪者不必好吃懒做。从本丛书中可以看到，在属任何生肖的人中，都有出类拔萃的人物，他们的成功都是从艰苦奋斗中得来的，天上不会为属某一生肖的人掉馅饼。当然，属任何生肖者中都有不肖之徒，都有时运不济的人。所谓属相相辅、属相相克，完全是算命先生骗人的鬼话。

子鼠是十二生肖的排头兵，一天的时辰从子时开始，十二生肖从子鼠起锚，属鼠同仁，与有荣焉。但老鼠的形象与口碑都不大好。如獐头鼠目、鼠窃狗偷，都不是好言语。这大概因为鼠是人之紧邻，与人同食性，凡有人居处，必有鼠为邻，人之所食，鼠亦可食。故鼠时常进入人家，尤其在夜间，不仅偷吃人之所食，而且传播细菌，传播疾病，并且翻箱倒柜，咬坏衣物，弄得老少不安，夜不成眠，从而招人之恨，一过街，便人人喊打。

然而，客观地看，鼠也并非是一无是处。首先鼠之繁殖力强，适应环境能力强，是经过亿万年进化筛选的成功物种之一，也是最聪慧的动物之一。据说，老鼠的智慧，可与五六岁孩子的智慧相匹敌。正因鼠是人之紧邻，鼠与人基本同食，鼠便成为医学与医药实验的重要对象，也是生命学、遗传学的重要研究对象。每年为此而献身人类健康事业的老鼠恐怕达数十万只之巨。

老鼠也并非是人们一直恼恨的对象，20 世纪，至少有一只老鼠，它的老爸是一个美国人，名叫华特·迪士尼；它名噪寰球，创造了上千亿财富，至今犹为人所爱，尤其为孩子所喜爱，它便是米老鼠。以它为主人公的主题公园，建立在世界许多地方。当然，在我国，成功的老鼠不是没有，《西游记》里就有一只，她是托塔李天王的义女，与公主、格格一个等级。不过她不守本分，凡心太重，要与唐僧成亲，干犯了天条，连累其老爸也被刁钻的孙猴子奚落一顿。但她的后台硬，被三太子押回天庭就了账了。顺便说一句，在《西游记》里，十二生肖悉数粉墨登场，各有一段故事，或再堕轮回，或终成正果，而以猴——孙悟空、猪——猪悟能声名最为响亮。

本辑由《总述》及《子鼠卷》构成，《总述》系统论述了十二生肖的缘起及其流变，《子鼠卷》则收录了历代骚人墨客涉鼠之诗赋。

书中作品皆依诗、词、曲、赋的顺序，并按作者出生年月的先后排序。《诗经》分章排列，《楚辞》连排。诗中之古风、歌行、排律等连排，以省篇幅。五言绝、律；七言绝、律则两行一排。词则每一过片处空两字连排。对于较难读之字，则用汉语拼音注音，以便读者。

进入生肖天地的大门已经开启，从此我们将陪伴在读者左右，开始生肖世界的旅行。这是一次五彩缤纷、含英咀华、趣味浓郁、别开生面的旅行，是一次文化之旅、历史之旅，与各路生肖诸侯大聚会之旅，与林林总总的哲人、诗家、学者交流心曲之旅，也是与三教九流的人物谋面之旅，进入生肖天地，读者一定会有山阴道上目不暇接之感。

亲爱的读者，我们等着你，将与你携手同行，共赴生肖文化之盛会。